Chaza Charafeddine

BEIRUT FÜR WILDE MÄDCHEN

Aus dem Arabischen von Günther Orth
Zweiter Teil Original auf Deutsch

MIT EINEM NACHWORT
VON STEFAN WEIDNER

Edition
CONVERSO

Für Lama, meine Schwester

»Er lief durch seine Erinnerungen
wie durch eine Ausstellung,
in der ihm nichts gehört.«

(Aus: Abbas Beydoun,
Zeit in großen Schlucken)

Prélude

Irgendwo in Afrika saß unter einem Schilfdach auf einem Holzstuhl ein hagerer Mann mit schwarzem Gesicht und dichtem weißem Haar. Auf seinem Schoß hatte er ein kleines Mädchen, das seine weißen Haare betrachtete und ihn fragte, wie alt er denn sei. »Alt, sehr alt«, antwortete der Mann und erzählte ihr die Geschichte von einem Mann, der die Geschichte eines anderen Mannes erzählt. Und dieser Mann in der Geschichte fand eines Tages beim Pflügen seines Feldes eine mit Rubinen besetzte Holzkiste, und die war voller Gold.

Und mit einem Mal näherte sich ihm ein Rudel Wölfe, und der Mann kämpfte sie alle nieder. Dann waren da plötzlich auch noch Schlangen, die er allesamt tötete. Und als sich mehrere Tiger mit gefletschten Zähnen auf ihn stürzten, wehrte er sie ab. Schließlich stellten sich ihm Stammeskrieger in den Weg, die er einen um den anderen zu Boden rang und tötete.

Das Mädchen hörte zu, den Blick auf die krausen weißen Haarkringel des Mannes gerichtet, auf seine faltendurchfurchte Stirn, auf seine Augen, die mal weit aufgingen, sich dann verengten und von Zeit zu Zeit ganz schlossen. Verzaubert von dem Haar, das aussah wie kleine silberne Ringe, stellte es sich vor, wie jener Bauer zuerst die Wölfe und die Schlangen besiegte, dann die Tiger und schließlich die

9

Stammeskrieger. Und wie er die Schatzkiste unter den Arm nahm und sie zu seiner Frau brachte, die beiden sie dann gemeinsam öffneten und all die Schätze darin fanden.

Das Mädchen freute sich, malte mit dem Finger einen Kreis in die Luft und lächelte.

Das Mädchen ging nach Hause zu den Eltern, wo es Schelte bekam, weil es so lange weggeblieben war.

Doch schon am nächsten Tag wollte es ganz bestimmt wieder zu dem schwarzen Mann mit dem weißen Haar laufen, um erneut die Geschichte von dem Bauern zu hören, der die Schatzkiste in der Erde fand.

Zu Hause hatte die Mittagshitze alle in die Betten getrieben, nur die ältere Schwester spielte in ihrer beider Zimmer. Das Mädchen entdeckte eine Tüte Karamellbonbons und riss sie auf.

Hastig wickelten sie ein Bonbon nach dem nächsten aus, steckten sie sich in den Mund und traten auf den Balkon, um die Bonbonpapiere auf die Straße zu werfen.

Entzückt sahen sie zu, wie das goldglitzernde Papier durch die Luft flatterte. »Gebt uns auch welche!«, riefen die Kinder von der Straße herauf. Das Mädchen nahm die Packung und schüttete die wenigen noch übriggebliebenen Bonbons über den Kindern aus, die sich auf sie stürzten und schrien: »Mehr, gebt uns noch mehr!«

»Nichts da mit noch mehr!«, ertönte es hinter dem Rücken der beiden. Erneut gab es Schelte für das Mädchen, und es weinte. Tröstend nahm die Schwester es in die Arme und blickte um sich, als suchte sie nach einer Antwort, warum es die Kleine und nicht sie getroffen hatte.

In den Weiten Afrikas lebten nur wenige Menschen. Die sandigen Straßen waren fast immer wie leergefegt, und der Sand war so heiß, dass er einem die Füße verbrannte. Doch genau das gefiel dem Mädchen. Es dachte, wenn die Erde mir die Füße verbrennt, dann will sie ihre Hitze mit mir teilen und hat mich lieb.

Vorsichtig setzte das Mädchen einen Fuß nach dem anderen auf die Sandstraße. Hin und wieder blieb es stehen, um sicherzugehen, dass keiner ihm folgte. Es malte eine Kiste und Kringel in den Sand, blickte noch einmal zurück und vergaß. Dann rannte es zur Hütte des alten Mannes mit dem schwarzen Gesicht und dem weißen Haar. Der öffnete sogleich seine Arme für das Mädchen, und es spürte die Wärme seiner mächtigen Hände. Er saß wie immer auf einem Stuhl und platzierte das Mädchen auf seinen Schoß. Da lehnte es den Kopf gegen den Arm des Alten, und seine Augen tauchten ein in die weißen Haarkringel. Dort sah sie die Frau des Bauern, der dabei war, die Schatzkiste zu öffnen. Mit einem Mal ringelte sich vom Fenster eine Schlange heran. Die Schlange spritzte Gift und sagte zu der Frau, dass sie den Schatz wieder zurückbringen müsse. Der Bauer nahm daraufhin einen dicken Stock und wollte auf die Schlange einschlagen, aber augenblicklich war sie im Staub verschwunden.

Der alte Mann öffnete seine breiten hellen Handflächen, und das Mädchen betrachtete die schwarzen Linien darin. Der Mann fragte, was es da denn sehe:»Schwarze Schlangen«, antwortete das Mädchen. Der Mann lachte, den Mund weit aufgesperrt, und das Mädchen sah eine große Höhle mit rotem glänzendem Grund, der zitterte und bebte. Das Mädchen lachte, sperrte den Mund ebenfalls weit auf, deutete hinein und fragte den Mann, ob ihre Höhle genauso aussehe wie seine. Der Mann spitzte seine dicken Lippen, hob die Augenbrauen und sagte:»Nein, deine Höhle ist viel schöner als meine. Bei dir sind weiße Perlen darin, während es in meiner nur ein paar vergilbte Stümpfe gibt.«

Der Name des Mädchens kam durch die Lüfte geflogen; jemand rief es nach Hause.»Beeil dich«, sagte der Mann und hob das Mädchen von seinem Schoß. Es rannte über den heißen Sand, spürte die Hitze aber nicht. Es drehte sich nach dem Mann um, winkte ihm mit seiner kleinen Hand zu und rannte weiter bis zum Haus der Eltern. Flugs verschwand das Mädchen in sein Zimmer, versteckte sich unter der Bettdecke und flüsterte der Frau des Bauern ins Ohr, sie solle die Schatzkiste doch in den weißen Locken des Geschichtenerzählers verstecken.

Im Haus gab es jetzt ein neues Geschöpf, es war am Vortag aus dem Bauch der Mutter gekommen. Alle freuten sich. Das lange schwarze Haar der Mutter hing ihr über die Brust. Sie sah erschöpft aus, lächelte aber, glücklich über das neue Wesen, das in ein weißes Tuch gewickelt von Hand zu Hand gereicht wurde. Alle sangen. Das Mädchen saß bei seiner großen Schwester, die mit unstetem Blick auf die festlich gestimmte Runde schaute. Die kleinere Schwester war nicht im Bild zu sehen, vielleicht hatte sie sich unter Mutters Bettdecke versteckt. Das Mädchen fragte sich, weshalb sich denn alle so freuten. Etwa wegen des Winzlings in dem Tuch da? Das Mädchen blieb neben der großen Schwester sitzen, und die sagte: »Das ist unser neuer Bruder.«

Der Vater lachte, die Mutter lächelte, und die anderen sangen immerzu. Das Mädchen, immer noch neben der großen Schwester sitzend, dachte, dass es dem Mann mit dem weißen Haar und dem schwarzen Gesicht unbedingt von dem kleinen Bruder erzählen musste. Es wusste seinen Namen nicht, und als sie ihn hörte, fand sie ihn doof.

Das Mädchen rannte über den heißen Sand, die Sonne sengte ihm auf Rücken und Kopf. Es lief und lief und hörte nicht auf die Rufe der großen Schwester, es wollte nicht zurück nach Hause. Sein Ziel war die Strohhütte, wo die weißen Haare, das schwarze Gesicht und die warmen Arme waren.

Dort angekommen, setzte es sich auf den Schoß des Mannes und lauschte in die Haarkringel hinein. Unterdes hatte es zu regnen begonnen, laut schlugen die Tropfen auf das Dach der Hütte. Wenn es hier einmal regnet, will es nicht mehr aufhören. Der Mann mit dem schwarzen Gesicht hielt inne und deutete lächelnd auf den Regen. Das Mädchen erwiderte sein Lächeln. Es erinnerte sich an den neuen Menschen bei sich zu Hause, erzählte aber dem alten Mann nichts davon. Der gab der Kleinen ein weiches grünes Tuch und sagte, sie solle es sich um die Hüften binden und nie abnehmen. Das Tuch würde sie vor böser Magie und den Schlangen beschützen.

Das Mädchen lief zurück über den nassen Sand, der warm und fest war. Es betrachtete seine Fußabdrücke und stellte sich vor, es würde von ihnen verfolgt werden. Zum ersten Mal sah das Mädchen seine eigenen Spuren. Sein Körper mit allem, was er hervorbrachte, schien sonst nicht sein Eigenes, sondern immer auch den anderen zu gehören. Die Fußspuren da waren jedoch wirklich seine.

An diesem Tag beschlossen die Eltern, das Mädchen und ihre ältere Schwester zur Großmutter nach Tyros zu schicken.

Die Frau im Flugzeug hatte ein grünes Gesicht. Die Schwester musste sich übergeben, die Frau schimpfte sie, worauf sie weinen musste. Alle stiegen aus dem Flugzeug aus und begaben sich in ein Café, um sich zu stärken. Die Schwester wollte nichts, aber das Mädchen aß und forderte ihre große Schwester auf, doch auch einen Happen zu sich zu nehmen. Aber die weinte noch immer. Warum ist sie nur so traurig, dachte das Mädchen. Das Mädchen war selber traurig, sagte es aber der Schwester nicht.

Irgendwo am Meer stand die Großmutter. Sie lächelte und schien sich über die Ankunft der Enkelinnen zu freuen. Das Mädchen mochte seine Großmutter sehr. Die Schwester spielte mit ihrer Puppe mit dem brustlangen schwarzen Haar und dem lächelnden Mund. Das Mädchen dachte an den Mann mit dem schwarzen Gesicht, der ihm noch immer des Nachts im Traum erschien und Geschichten erzählte. Die erzählte es wiederum seiner blondhaarigen Puppe weiter, die auf dem Tischchen neben dem Bett thronte. Das Mädchen ging nicht gern zur Schule, aber die große Schwester zerrte es an der Hand: »Komm mit, sonst ärgert sich unsere Mutter.« Sie ging mit, aber nicht wegen der Mutter dort in der afrikanischen Ferne, sondern ihrer traurigen Schwester zuliebe.

Niemand in der Schule hatte je von dem schwarzen Mann gehört. Der Nonne wuchsen Haare am Kinn, und das Gesicht der Lehrerin war wie aus Blei. Die Schwester lernte emsig, das Mädchen lernte überhaupt nicht. Es beobachtete die Schwester und fragte sich immerzu, warum sie bloß so fleißig war.
Das schwarze Haar der Schwester war mittlerweile so lang wie das ihrer Puppe. Sie war eine Schönheit. Das Mädchen dagegen bekam Spitznamen, die ihre Pfunde aufs Korn nahmen, und es war darüber sehr unglücklich. Was konnte es

schon tun? Es liebte nun mal Süßigkeiten und verschlang so viele, dass es schien, als suchte es darin etwas, das ihm verloren gegangen war. Es ernährte sich von Süßem, vielleicht um sicherzugehen, dass sein Körper ihm nicht abhandenkomme. Der mit Süßem angefüllte Körper war seiner. Die Großmutter verwöhnte die Kleine. Alle liebten sie und überhäuften sie mit Küssen.»Man könnte die Kleine ungesalzen auffressen!«, sagten sie. Das Mädchen hasste die Küsserei, besonders die von Großmutters unersättlichen Freundinnen, die ihm ständig ihre Lippen auf die Wange pressten. Es reichte schon, dass es die Stimme einer von ihnen hörte, schon musste es an nasse Küsse und Nasen denken, die ihm den Geruch aus dem Gesicht saugten. Das Mädchen verstand einfach nicht, warum sie es auffressen wollten.

Sie fuhren mit dem Auto am Meeresufer entlang, die Luft wehte dem Mädchen über das Gesicht und durch die Haare. Es war heiter und vergnügt. Es nahm die goldenen Ohrringe ab, die man ihm vor einigen Tagen in die Ohren gestochen hatte. Sie hatten die Form von Weinblättern und waren angeblich aus dem Irak. Außerdem hatte man ihm einen weiß emaillierten Armreif übergestreift. Das Mädchen warf die Ohrringe aus dem Autofenster und blickte zur Großmutter, dann zum Großvater, dann zur Schwester. Keiner hatte mitbekommen, dass es den teuren Schmuck weggeworfen hatte.

Das Meer war so blau wie der Himmel. Die Eltern kamen zurück aus Afrika und hatten zwei Kinder dabei, die ihre Geschwister sein sollten. Ja, vielleicht waren sie das, die jüngste Schwester und der kleine Bruder. Das Mädchen und die große Schwester mussten in eine neue Wohnung umziehen. »Das ist unser neues Zuhause. Und das ist unsere Mutter, sie ist wieder da!«, sagte die Schwester. Mutter und Vater umarmten einander in ihrem neuen Zuhause. Sie hörten Musik im Nebenzimmer und lachten. Das Mädchen träumte in seinem Bett von Geistern, die, so hatte es gehört, in einem verlassenen Gebäude ganz in der Nähe hausten. In der Dunkelheit sah es die Augen einer grünen Djinnfrau, über deren Ohren zwei glänzende Zöpfe herabbaumelten. Von diesem Traum wurde das Mädchen mehrfach heimgesucht, und es musste ihn dem Mann mit dem schwarzen Gesicht und den weißen Haaren erzählen. Aber er konnte das Mädchen nicht hören, denn es hatte das grüne Tuch verloren.

Das Mädchen liebte es, einzutauchen ins salzige Meereswasser und sich die Haut von der Sonne verbrennen zu lassen. Es machte keinen Unterschied zwischen Wasser und Luft. Wenn es im salzigen Wasser war, glaubte es, durch die Luft zu fliegen. Wenn ihm langweilig wurde, rannte es über den heißen Sand und genoss es, wie der seine Haut verbrannte. Dann warf es sich mit dem ganzen Körper auf den Sand, blickte lange in die Sonne und bat, sie möge ihm die Wangen verbrennen. Es nahm eine Handvoll heißen Sand und ließ ihn durch die Finger auf seinen Körper rieseln. Es versenkte sich in den Sand, seine Oberarme wurden schon ganz rot. Sie wiederholte das Spiel wieder und wieder. Alle ringsum waren glücklich über das Wasser und die klebrige Luft. Als das Mädchen hungrig wurde, erinnerte es sich an zu Hause. Wären da der Hunger und die Angst vor der Dunkelheit nicht, würde es am liebsten für immer am Strand bleiben. Meer, Wellen, heiße Sonne. Den schwarzen Mann schien es nie gegeben zu haben. Und niemand hier rief das Mädchen nach Hause.

Beirut 1970–1975

Noch bevor es richtig hell ist, stehen die vier Geschwister auf dem Trottoir vor ihrem Haus und warten auf Monsieur Halim, den Fahrer mit seinem rot-weiß gestreiften Schulbus, der sie zur Notre-Dame-du-Liban-Schule bringen soll. Er kurvt durch die Nebenstraßen des Stadtteils Shayyah und sammelt andere Kinder ein, die ebenfalls auf dem Gehsteig warten. Schwerfällig steigen die Schüler ein und lassen sich auf einen freien Platz fallen, ohne Monsieur Halim auch nur einmal dankbar oder freundlich zuzunicken. Das Geruckel des Busses und die morgendliche Stille machen mich und meine Geschwister schläfrig. Von Zeit zu Zeit gucke ich aus dem Fenster, aber da ist nichts als graublauer Himmel. Streckenweise sind nicht einmal Autos, Gebäude, Bäume zu sehen. Die Straßenbeleuchtung brennt noch.

Als es heller wird, kommen wir in Ashrafiye vor dem riesigen Schulgebäude an. Ich steige aus dem Bus, stelle meine Tasche ab, setze mich trotz Kälte erst einmal auf die Treppe am Schuleingang und warte darauf, dass wir in die Klassen gerufen werden. Dabei beobachte ich Fadia, die wie jeden Tag Zwiesprache mit einer weißen Statue auf dem hellen Fels vor der Schulkapelle gegenüber hält.
Mit gefalteten Händen steht sie vor der Skulptur, hebt und senkt abwechselnd den Kopf, als würde sie eine Geschichte

oder ein Erlebnis erzählen. Dann deutet sie auf mehrere Stellen ihres Körpers und beendet das Gespräch, wobei sie die Füße der Statue berührt. Schließlich führt sie die Hand, mit der sie die Berührung vollzogen hat, an den Mund.

Mir scheint, als schlucke sie etwas hinunter, das aus der Statue hervorgekommen ist. Danach betritt sie gesenkten Kopfs die Kapelle.

Eines Tages lief ich Fadia hinterher. Die Dunkelheit in der Kapelle und die weihrauchgeschwängerte Stille bemächtigten sich meiner Sinne. Zunächst war kaum etwas zu erkennen, nie zuvor hatte ich eine so vollkommene Geräuschlosigkeit erlebt. Ich lief durch die Bankreihen. An den Wänden zu beiden Seiten hingen zahllose Bilder von Frauen, Greisen und Kindern, die um irgendetwas bittend die Hände hoben. Manche hoben sie in Richtung des Hauptes eines alten Mannes mit weißem Rauschebart, der im Himmel zu hängen schien. Einer hatte ein Buch unter der Achsel, ein anderer umarmte ein Lamm, um sie herum kreisten weiße Flügelwesen. Ihre Körper waren die von Kindern, aber ihre Gesichter die von alten Menschen. Ich konnte nicht erraten, ob es gute oder böse Wesen waren. Die Stille war erdrückend, aber die Farben der Bilder strahlten Wärme aus. In einer Ecke erblickte ich das buntbemalte Standbild einer Frau, die ein Kind auf den Armen trägt. Um sie herum brannten kleine Kerzen.

Ich suchte Fadia und fand sie unter dem Bildnis eines Mannes mit blauen Augen und rosa Lippen knien, der nach oben blickte − wohin, gab das Bild nicht preis. Der Mann hatte langes blondes Haar, das im blauen Hintergrund des Gemäldes − offenbar der Himmel − auslief. Wegen der Farbigkeit des Bildes fragte ich mich, ob das wohl ein wahrhaftiges Abbild von Jesus Christus war.

Als Fadia vor dem Altar stand, setzte ich mich hinter sie auf eine Holzbank. Ich schloss die Augen und hörte meine Klassenkameradin unverständliche Gebete murmeln. Von Zeit zu Zeit öffnete ich verstohlen ein Auge, weil ich unter keinen Umständen etwas verpassen wollte. Aber ich sah nur den Weihrauch aufsteigen und sich im ganzen Raum ausbreiten. Der scharfe Geruch stieg mir zu Kopf.
Unversehens gerieten die Gestalten um mich herum in Bewegung, als wollten sie das weiterführen, was sie getan hatten, bevor sie auf Gemälden verewigt wurden. Sie begannen, miteinander zu sprechen; es war, als führten sie eine Diskussion. Währenddessen entglitt das kleine Schaf den Händen des bärtigen, schäbig gekleideten Alten und suchte blökend nach Gras. Halbnackte Kinder tollten umher, Gelehrte lasen in Büchern, Geigen erzitterten, Hymnen erklangen, die Himmel taten sich auf ... und Frauen stießen Freudentriller aus, Vögelchen flatterten durch die Luft, es herrschte solch ein Lärm und Gewimmel um mich herum, dass ich die Augen nun wirklich öffnen musste. Fadia kam in ihrer gestrengen Art auf mich zu, den Zeigefinger nach oben, in Richtung des Lärms gerichtet: »Die Glocken läuten«, sagte sie.
Es war zehn vor acht – höchste Zeit, ins Klassenzimmer zu gehen.
Ich folgte Fadia. Wieder blieb sie vor der weißen Jesusstatue stehen und deutete auf dieselben Stellen an ihrem Körper wie zuvor, um sich dann schnell zu entfernen. Ich blieb vor der Statue stehen und sah zu ihr auf, als würde ich sie um Erlaubnis für etwas bitten. Die marmornen Augen des Heilands

blickten nach unten, seine Lippen waren geschlossen und seine Handflächen waren zum Betrachter hin ausgestreckt, als würde er sagen: Komm herauf zu mir! Ich wusste nicht, was tun. Zaghaft, aus Furcht, von jemandem ertappt zu werden, berührte ich nun meinerseits seine weißen Füße. Die Zehen waren glatt und kalt, und es schien mir überhaupt nicht so, als könne etwas aus der Statue hervorkommen, das sich dann herunterschlucken ließe. Ich küsste allerdings nicht die Hand, mit der ich die Statue berührt hatte, sondern eilte ins Klassenzimmer. Mademoiselle Najwa sollte ja nicht mitbekommen, dass ich spät dran war.

Mademoiselle Najwa

Die Laune von Mademoiselle Najwa, unserer Klassenlehrerin, bei der wir Französisch hatten, war schwer einzuschätzen. Immer schien sie kurz davor, uns anzuschreien. Als zu Beginn des Schuljahres der Amtsarzt kam, um mit uns einen Sehtest durchzuführen, geschah etwas, das Mademoiselle gegen mich aufbrachte. Der Arzt hatte eine weiße Tafel bei sich, auf der in Schwarz die Buchstaben des lateinischen Alphabets in unterschiedlicher Größe standen. Als ich an der Reihe war, las ich sie nacheinander vor, doch beim Buchstaben Q angelangt, schämte ich mich, ihn vor dem Arzt auszusprechen. Denn das »Q« wird im Französischen genauso ausgesprochen wie das Wort *cul*, und ein paar Tage zuvor hatte ich von Faten El-Zein im Bus erfahren, dass dieses Wort den menschlichen Hintern bezeichnet. Als der Arzt nicht lockerließ und mich aufforderte, den Buchstaben auszusprechen, las ich stattdessen »qö« (was wiederum so klang wie das französische *queue*, also »Schwanz«). Daraufhin zerrte mich Mademoiselle Najwa aus dem Untersuchungsraum und schimpfte mich im Korridor mit bebendem Zeigefinger, ich sei eine stinkfaule Schülerin!

Am folgenden Tag kam sie ebenfalls mit einer Alphabettafel in die Klasse und trichterte uns ein: Q, Q, Q, Q (was klang wie *cul, cul, cul*), bis ihr weißer Schaum aus den Mundwinkeln tropfte. Ich sah, wie ein paar Spritzer auf den Wangen einer Schülerin in den vorderen Reihen landeten. Dann hieß sie mich an meinem Pult aufstehen und das französische Q mehrmals laut vor der Klasse aussprechen. Hitze stieg in mir hoch, breitete sich über meine Brust, meinen Kopf, meine Ohren und meine Zunge bis in meine Wangen aus, während ich tat wie geheißen und es peinlich vermied, zu meiner Mitschülerin Faten zu blicken, die mir das ganze Unglück eingebrockt hatte.

Und als wäre der Strafe noch nicht genug, hielt mich Mademoiselle Najwa beim Verlassen des Klassenzimmers zurück und gab mir einen Brief mit, den ich bitteschön meinem Vater vorlegen solle.

Mein Vater begab sich am folgenden Tag in die Schule, allerdings bekam ich ihn nicht zu Gesicht, und die Lehrerin erwähnte mir gegenüber auch nicht, dass er da gewesen war. Erst als ich nach Hause kam, erfuhr ich davon. Seine Bestrafung hinterließ Striemen auf meinem Schenkel, und obendrein erhielt ich eine volle Woche Fernsehverbot. Zwar sagte mein Vater nichts dazu, dass ich schon nach zwei Tagen wieder fernsah, aber ich war von nun an darauf bedacht, ja nicht mehr Mademoiselle Najwas Aufmerksamkeit auf mich zu ziehen. Immer wenn ich sie sah, blitzte vor meinem inneren Auge das Wort *cul* auf.

Es verging nicht viel Zeit, bis sie mir einen weiteren Brief für den Vater mitgab, den ich ihm diesmal aber nicht aushändigte. Und als Mademoiselle Nawja mich zwei Tage später fragte, ob mein Vater den Brief denn auch bekommen hätte, behauptete ich, er habe überraschend verreisen müssen und könne deshalb nicht kommen. Von da an gab sie mir einen Brief nach dem anderen mit, und immer wieder fielen mir Gründe und Ausreden ein, weshalb mein Vater nicht kommen konnte:»Ganz sicher kommt er nächste Woche«,»Er hat sich das Bein gebrochen«,»Sein Auto ist kaputt«,»Meine Mutter hat ein Kind bekommen«,»Mein Großvater ist gestorben« und so weiter.

Als ich Faten eines Tages von all den unterschlagenen Briefen berichtete, warnte sie mich. Was denn wäre, wenn Mademoiselle Najwa auf die Idee käme, bei meinem Vater anzurufen, um ihn zu fragen, ob er die Briefe bekommen habe. Wir müssen eine Lösung finden, meinte sie, und schlug vor, die Briefe zu öffnen und ihren Inhalt zu verändern und sie erst dann meinem Vater zu übergeben.

Faten war viel erfahrener als ich. Hatte sie nicht schon einmal de Gaulle persönlich die Hand geschüttelt? Das hatte sie mir erzählt, als die Obernonne der Schule, Mère Marie Madeleine, uns vor dem Betreten der Klassenräume voller Trauer und Schmerz die Nachricht seines Todes überbrachte. Alle sprachen damals von de Gaulle, und mir schien, er sei nicht nur der Präsident Frankreichs, sondern auch des Libanons und somit auch der Präsident aller Nonnen und eigentlich von uns allen, und folglich war es für uns höchste Pflicht, um ihn zu trauern.

Beim Murmelspiel im Sandkasten hatte Faten mir erzählt, dass sie de Gaulle die Hand gegeben habe, als er einmal aus irgendeinem wichtigen Anlass unsere Schule besucht hatte. Er habe sie nach dem Handschlag sogar mit freundlichen Worten in die Wange gekniffen. Ich bedauerte, ihn damals nicht gesehen zu haben. Und auch, dass Faten immer mehr Glück hatte als ich, obgleich ich der Überzeugung war, dass der Verstorbene ein Freund meines Großvaters gewesen war. Der war nämlich Politiker und hatte viele Freunde, ganz im Gegensatz zu Fatens Opa, der immer nur in seinem Dorf hockte.

Jedenfalls öffneten wir den letzten Brief, verstanden aber beide nicht, was da geschrieben stand.
Nur der hocharabische Ausdruck *farigh as-sabr* (»mit der Geduld am Ende«) machte uns stutzig. Wir wussten, das *farigh* »leer« bedeutet, das hatten wir erst wenige Tage zuvor gelernt, aber in Verbindung mit dem Wort *sabr*, das sowohl für »Geduld« als auch für »Kaktusfeigen« stehen kann, ergab es für uns keinen rechten Sinn.

Wir waren ratlos. Wie sollten wir einen Brief inhaltlich abändern, dessen Bedeutung uns gar nicht klar war? So beschlossen wir, selbst einen Brief zu verfassen, und Faten schlug vor, ihren großen Bruder Fadi, der auf die Frères-Schule ging, darum zu bitten, einen solchen zu schreiben, damit wir nicht Gefahr liefen, durch unsere Handschrift aufzufliegen. Am nächsten Tag kam Faten mit einem von ihrem Bruder verfassten Brief, in dem in etwa stand, mein Vater solle mir doch bitte fünf Lira für eine Klassenfahrt ins Yasua-al-Malik-Kloster geben. Fadi ließ mir mitteilen, ich solle ihm von den fünf Lira etwas abgeben, falls mein Vater das Geld rausrückte.
Aber bevor ich den Brief zu Hause abgab, wollte ich erst einmal vorfühlen und sagte daher zu meiner Mutter, dass alle Schülerinnen meiner Klasse in der kommenden Woche fünf Lira mitbringen müssten, weil wir eine Klassenfahrt nach Yasua al-Malik machten. Verwundert sah meine Mutter mich an und bemerkte, dass wir doch erst im letzten Monat dort gewesen seien. »Wieso veranstalten die bei euch jeden zwei-

ten Tag einen Ausflug?«, meinte sie und ließ mich dieses Mal nicht teilnehmen. Ich musste mir also etwas anderes einfallen lassen und ich beschloss, den Brief doch nicht meinem Vater zu übergeben und stattdessen weiterhin Mademoiselle Najwa anzulügen.

Als ich Mademoiselle Najwa am nächsten Morgen in die Schule kommen sah, tat ich rasch so, als würde ich etwas lesen, damit sie ja nicht zu mir käme und wieder mit den Briefen anfing. Aber die Frau Lehrerin interessierte sich nicht für meine vertiefte Lektüre und fragte mich unvermittelt, ob denn mein Vater noch immer nicht zurück sei von seiner Reise. Ich sagte, nein, das ist er nicht. Ob ich ihm den letzten Brief gegeben hätte? Ja, das habe ich, log ich. Und, kommt er bald in die Sprechstunde? Momentan ist er sehr beschäftigt, war meine Antwort. »Na gut!«, sagte sie mit spitzen Lippen und fügte dann mit weit offenem Mund hinzu, sodass ich das Weiße auf ihrer Zunge sehen konnte: »Lies nur schön weiter. Wir werden ja sehen, ob dir das bei der Abschlussklausur etwas nützt!« Und damit gab sie mir einen weißen Umschlag mit dem Hinweis, dass dies jetzt der letzte Brief sei. Als ich ihn zusammen mit Faten öffnete, lasen wir: »Ich erwarte dich am Donnerstag um 17 Uhr im *Arlequin*. Najwa.« Faten und ich wussten, dass das *Arlequin* ein Café war, aber wir begriffen nicht, warum sie ihn ausgerechnet dort treffen wollte. Es hatte noch nie eine Klassenfahrt dorthin gegeben. Faten meinte, diesmal würde die Sache bestimmt auffliegen. Denn was wäre, wenn Mademoiselle Najwa dort auf meinen Vater wartete und er nicht käme?

Mein Vater

Als mein Vater eines Tages in die Schule kam, um sich mein Vorspiel bei einem Klavierwettbewerb anzuhören, und wir noch darauf warteten, dass Sœur Marie uns ins Vorspielzimmer bat, belauschte ich zufällig ein Gespräch, das mir einiges über Frauen verriet. Mademoiselle Georgette, die blonde Arabisch-Lehrerin, die immer grell geschminkt in die Schule kam, unterhielt sich flüsternd mit Mademoiselle Hiyam, der Aufseherin mit der dicken Brille, im Lehrerinnenzimmer gegenüber dem Vorspielsaal. »Hör mal«, tuschelte Georgette, »jetzt mal ehrlich, ist das nicht ein toller Hecht da draußen? Glücklich, wer den zum Mann hat! Ist seine Frau denn hübsch, weißt du da was?«

Aus irgendeinem Grund ärgerte mich diese Bemerkung so sehr, dass ich versucht war, zu ihnen rüberzugehen und ihnen zu bestätigen, dass meine Mutter tatsächlich hübsch sei. Aber ich schwieg aus Angst vor der Strafe, die mir unweigerlich blühte, wenn die beiden Damen mitbekämen, dass ich sie belauscht hatte. Ich schaute zu meinem Vater, aber der blickte nur verdrossen auf die Uhr.

An diesem Tag begriff ich, dass seine Schönheit auf seine Umgebung ausstrahlte, und ich begann auf die Gesichter der Nonnen und der Lehrerinnen zu achten, sobald mein Vater aus irgendeinem Anlass die Schule betrat. Und tatsächlich: Ihre Wangen wurden rosig, ihre Mienen waren zuerst steif, dann entspannt und weich. Und wenn mein Vater etwas Nettes zu den Lehrerinnen sagte, geriet so manche von ihnen in Verlegenheit oder entkrampfte sich. Welch Gegensatz zu ihren sonst immer sauertöpfischen Gesichtern! Mademoiselle Najwa dagegen sprach in Gegenwart meines Vaters fast stotternd und mit einer ungewohnt dünnen Stimme. Zwischenrein lächelte sie gezwungen und schaffte es trotzdem, einen friedlichen und sanften Gesichtsausdruck aufzusetzen, während ihr Blick hektisch zwischen Fenster, der Weste meines Vaters, seinen Händen, seinen Ohren, seiner Mundhöhle, seinen Haaren, seinem Hemdausschnitt hin und her zuckte. Obendrein wirkten ihre Augen müde und glänzten auf ungewohnte Weise. Mir schien, als sei sie im Begriff, gleich umzukippen.

Aber leider ging das nicht lange so. Als mein Vater Ende des Schuljahres kam, um zu erfragen, warum ich denn durchgefallen sei, antwortete Mademoiselle Najwa spitz, mit Anspannung in der Stimme, obwohl er sehr nett mit ihr gesprochen und dabei das große braune Muttermal an ihrem unteren Nasenrand ebenso wie ihre abscheuliche Miene ignoriert hatte. Sie sagte, mein Vater müsse mich für das Sitzenbleiben bestrafen, und zwar durch Streichen meiner Klavierstunden — für das ganze kommende Schuljahr. Meine Klavierstunden! Warum denn ausgerechnet die? Warum verbot sie mir stattdessen nicht die Teilnahme an der Schulabschlussfeier, die ich immer so widerwärtig fand, dass ich gar nicht mehr klar denken konnte? Oder die Teilnahme an einem Ausflug nach Harisa zur gigantischen Marienstatue, wo unser einziger Zeitvertreib darin bestand, Ketten mit Ikonenbildern zu kaufen und sie uns um den Hals zu hängen? Ich war zwar kein Genie am Klavier, aber die Klavierstunden in der Schule waren die einzigen, während derer ich nicht nachdenken musste, was sich wohl hinter den Glasscheiben, die über allen Türen in der Schule angebracht waren, verbarg. Warum die Klavierstunden, Mademoiselle Najwa?

Mein Vater bestrafte mich tatsächlich mit der Streichung des Klavierunterrichts, obwohl meine Mutter es gerade erst geschafft hatte, ihn zum Kauf eines Klaviers zu überreden. Das Klavier sollte auch geliefert werden, sofern ich das kommende Schuljahr bestünde, hieß es.

Ich glaube, ich wäre noch ein weiteres Mal durchgefallen, hätten wir nicht im Laufe des darauffolgenden Jahres die Schule gewechselt. Von den letzten Monaten an der Notre-Dame-du-Liban-Schule habe ich nur noch explodierende Granaten in Erinnerung und das Chaos, das daraufhin ausbrach, und wie wir das Schulgebäude und dann die ganze Stadt verließen. Und so vergaßen wir das Klavierspiel, mein Vater und ich.

Vater unser im Himmel
Geheiligt werde dein Name
Dein Reich komme
Dein Wille ge ...
Wie im Himmel, so auf ...
Unser täglich Brot gib uns ...
Und vergib uns ...
Wie auch wir ver ...
Und führe uns nicht in ...
Sondern erlöse uns von ...
Denn dein ist das ...
Und die ...
Und die ...
In Ewigkeit.
Amen.

Meistens sprachen wir das Vaterunser auf Französisch. Als wir es auch auf Arabisch gelernt hatten, trug ich es einmal zu Hause meiner Mutter vor. Sie wunderte sich, als sie erfuhr, dass wir dieses Gebet jeden Morgen in der Schule aufsagen mussten. »Ab jetzt«, sagte sie, »sprichst du unser Gebet, wenn deine Mitschülerinnen ihres sprechen«, und sie betonte das »unser« auf besondere Weise. Nun musste ich *unser Gebet* erst einmal unter ihrer Aufsicht auswendig lernen. Meine Mutter meinte, es genüge, wenn ich es im Stillen aufsage, ohne dabei meine Lippen zu bewegen. Aber was, wenn Mademoiselle Najwa merkte, dass ich ein anderes Gebet sprach? Um das zu vermeiden und zur Tarnung betete ich von nun an wie folgt:

Im Namen Allahs, des Barmherzigen und Gnädigen
... dem Herrn der Welten
... Tag der Auferstehung
Dich beten wir an und dich bitten wir ...
Weise uns den rechten Weg ...
Den Weg derer ... nicht derer ... und nicht derer.

Und am Ende bekreuzigte ich mich und murmelte: »Im Namen des Vaters, des Sohnes und des Heiligen Geistes. – Amen.«

So konnte ich es ohne große Mühe beiden Frauen rechtmachen: meiner Mutter, weil ich sie liebte, und Mademoiselle Najwa, die mich zwar nicht liebte, aber mir nun auch nicht böse sein konnte.

Der Katechismus

Der christliche Religionsunterricht fand donnerstags um 14 Uhr statt. Zu Beginn des Schuljahres kam eine Lehrerin in unsere Klasse und verlas eine Liste, auf der die Namen der meisten meiner Mitschülerinnen standen. Die Genannten standen auf und verließen mit der Lehrerin den Raum. Wir, die wir nicht aufgerufen waren, vielleicht sechs oder sieben von dreißig Schülerinnen, mussten sitzenbleiben und sollten irgendetwas malen, bis unsere Kameradinnen in einer Stunde wieder zurück wären. Farbstifte bekamen wir jedoch keine, lediglich die Aufgabe: »Malt ein Haus, malt eure Eltern, malt Bäume oder Vögel oder irgendwas.« Mademoiselle Najwa, die noch in der Klasse war, fügte der Anweisung mit ihrer schrillen Stimme hinzu: »Und während ihr zeichnet, will ich keinen Mucks hören! Keine verlässt ihren Platz! Wehe, ihr zeichnet voneinander ab! Das ist zwar kein Unterricht, aber auch keine Spielstunde! Keinen Ton! Verstanden?!!!«

In den Wochen darauf kam die Religionslehrerin ohne die Namensliste aus. Es genügte, dass die auserwählten Mädchen sie in die Klasse kommen sahen, schon packten sie ihre Siebensachen und folgten ihr. Ich glaube nicht, dass ich neidisch auf meine Mitschülerinnen war, weil sie jede Woche demütig in ihre Katechismusstunde abwanderten. Aber mich interessierte brennend, was in ihrer Chorstunde vor sich ging. Und so bat ich meine ehemalige Klavierlehrerin Sœur Marie eines Tages, ob ich einmal zur Chorstunde mit in die Kapelle gehen dürfe. Dass ich nicht so begierig darauf war zu erfahren, was in der Religionslehre vonstatten ging, hatte auch mit der plötzlichen Verwandlung zu tun, die meine Mitschülerinnen durchliefen, sobald sie abgeholt wurden. Wie unter einer schweren Last erhoben sie sich in alphabetischer Reihenfolge und ließen die Köpfe hängen, so als erwarte sie dort eine Maßregelung für irgendein Vergehen.

Nein, was dort im Einzelnen geschah, das musste ich nicht dringend wissen. Aber wenn die Chorstunde anstand, dann sprangen die Mädchen so fröhlich und erwartungsvoll auf, dass ich mir vorstellte, sie gingen direkt auf *Himmelfahrt* – ohne dass ich eine Vorstellung davon hatte, was das Wort eigentlich bedeutete. Meine Phantasie hob mich zusammen mit meinen offenbar innerlich heftig aufgewühlten Mitschülerinnen über die Sitzbänke, die Lehrerin und die Tafel, ich entschwand ihren Blicken, zog die Tür hinter mir zu, schwebte durch die langen Gänge mit den vielen verschlossenen Türen, lugte durch die kleinen Fenster darüber und schaute nach, ob die Nonnen bekleidet oder nackt badeten, ob sie Büstenhalter trugen und wie die denn aussahen, ob sie Brustwarzen hatten oder ohne auf die Welt gekommen waren. Mich interessierte auch, ob sie dunkle Achselhaare hatten oder ob sie sie entfernten, wie meine Mutter und meine Tanten, die sich regelmäßig zu diesem Zweck trafen und sich mit wohlriechender Honigpaste die Haare von den Beinen rissen und dabei vor Schmerz jaulten. Aber sie taten es immer wieder, so als würden sie die Qualen jedesmal vergessen. Badeten die Nonnen zusammen oder allein? Oder war eine von ihnen dazu abgeordnet, die anderen zu überwachen, damit sie nichts taten, was Mère Marie Madeleine erzürnen könnte? Trugen sie Slip oder weiße bis zum Knie reichende Unterhosen wie Radhiya, die Frau, die immer ins Haus meines Großvaters kam und bei deren Eintreffen die Frauen riefen: »Radhiya ist da! Alle Frauen Kopftücher auf!« Für uns Junggemüse war das seltsam. Denn Radhiya trug ein Kleid und ein Kopftuch, war unserer Auffassung nach also eine Frau, und soweit wir wussten, brauchten Frauen ihr Haar nicht voreinander zu verbergen.

»Radhiya, seht sie euch an, nicht Frau noch Mann ist sie!«, hörten wir die Frauen untereinander tuscheln. Diese Worte gingen uns nicht mehr aus dem Kopf, aber wir verstanden nicht, was damit gemeint war. Bis wir Radhiya selbst eines Tages baten, sie möge uns ihr Geheimnis enthüllen. Ohne zu zögern, hob sie ihren schwarzen Rock hoch, zog ihre lange weiße Unterhose bis zu den Füßen herunter und entblößte seelenruhig ihren Unterleib. Dazu bleckte sie ihre Zähne und sagte heiser: »Sieh mal an, nicht Frau noch Mann!« Dann lachte sie schallend und wollte, den Blick zur Decke gerichtet, schier nicht mehr aufhören. Aber außer ihrem großen offenen Mund und ihrem knöchernen, zur Decke gewandten Gesicht im Dauerlachen sahen wir, anders als erwartet, nichts Interessantes. Radhiya hatte nichts, was wir nicht auch hatten.

Wir Mädchen gestanden uns unsere Enttäuschung nicht ein. Wir sprachen einfach nicht mehr über das Thema und begriffen nicht, was an Radhiya so besonders sein sollte.

Aber ihr unverhüllter Unterleib, ihr gen Zimmerdecke gerichteter Blick, ihr Gelächter kamen mir wieder in den Sinn, als wir in der Freistunde malen mussten, und ich mutmaßte, dass auch Sœur Marie-Antoinette und Marie-Thérèse »nicht Frau noch Mann« seien. Bei Sœur Bernadette war ich mir sogar ganz sicher. Trotz ihrer Riesenbrüste hatte sie eine Männerstimme und obendrein einen unübersehbaren Bart! Bei seinem Anblick fragte ich mich immer, weshalb sie ihn nie abrasierte; zumindest vor den Schulausflügen, auf denen wir dann Fremden begegneten, könnte sie das doch tun.

Häuser, die niemandem gehören

Während der Bibelstunden, die für mich Malstunden waren, zeichnete ich unzählige Häuser, die alle gleich aussahen: Ein Quadrat an der Basis, darauf ein rotes Dreieck als Dach (meine Mutter gab mir Buntstifte mit), in das ich senkrechte und waagrechte Striche malte, die die Ziegel darstellten, und darauf ein aufwärtsstrebendes Rechteck als Schornstein für einen Kamin, der sich im Hausinnern befand. Daraus aufsteigende Wellenlinien waren der Rauch. In das Viereck zeichnete ich zwei ebenfalls quadratische Fensteröffnungen. Ein gelber Bogen darin und darunter ein zweiter, kleinerer standen für halb geöffnete Vorhänge. Neben das Haus, meist linker Hand, kritzelte ich etwas Grünes und Braunes, was einen Baum andeuten sollte. Auf der rechten Seite des Hauses dann einen Kreis über einem oben offenen Viereck, in das ich wieder waagrechte und senkrechte Linien malte: Das sollte ein gemauerter Brunnen sein. Dünne Striche mit roten und gelben ovalen Formen an der Spitze waren die Blumen. Sie wuchsen im Garten vor dem Haus, das auch noch eine Tür mit einem kleinen runden Knauf und ein wirres Gestrichel als Schloss bekam. Von der Tür bis zum unteren Rand des Papiers schlängelten sich zwei parallele Linien, die den Weg zum Haus darstellten.

Dieser Gartenweg beschäftigte mich beim Zeichnen am meisten. Ich war verunsichert, wusste nie, ob er nach rechts oder nach links oder zur Mitte hin verlaufen sollte. Und – wohin führte er am Ende überhaupt? Aus irgendeinem Grund war mir immer die Vorstellung wichtig, wie ich mit dem Fahrrad an dem von mir gemalten Haus vorbeifuhr und dabei überlegen musste, wohin ich gerade fuhr: zum Krämerladen, um mir Schokolade zu kaufen, oder zum Strand, um mir warme Sandpampe auf die Füße zu klatschen? Oder fuhr ich in das Dorf, das ich gestern in einem Westernfilm gesehen hatte? Solche ländlichen Szenen, auch wenn ich die Handlung nicht immer verstand, waren für mich der Ausdruck von Freiheit. Freiheit, das musste dort im fernen Wilden Westen sein. Also betete ich zu Gott, er möge mich möglichst schnell erwachsen werden lassen, damit ich dorthin auswandern konnte. Und weil es mich so ratlos machte, ließ ich den Weg zum Haus in meinen Bildern oft ganz weg.

Zudem riefen diese Häuser in mir ein Gefühl von Melancholie gepaart mit Langeweile hervor, was durch das Grillenzirpen, den Duft der Pinien, die sanfte Brise nur noch gesteigert wurde. Die Bilderbuchhäuschen, die wir immer wieder malen mussten, standen aus meiner Sicht, der einer Neunjährigen, für alles, was mir je Langeweile bereitet hat: die Sonntage, der allsommerliche Umzug in die Berge, die Stille, die schweren Nachmittage, an denen die Erwachsenen sich aufs Bett legten und uns Kleinen untersagten, auch nur laut zu atmen, damit wir ihre heilige Mittagsruhe nicht stören.

Ich träumte stets von einer Welt, in der die Erwachsenen nur als dienstbare Geister vorkamen, Menschen also, die einem das Leben erleichterten, ausschließlich, und ohne einen herumzukommandieren. Ich mochte unsere Hausangestellten mehr als meine Spielkameradinnen. Vor allem liebte ich ihre schier endloses Geschichten, die sie uns an den langen Abenden erzählten, wenn keiner im Haus war, der uns daran hindern konnte, in ihre Zimmer zu gehen.

Inayat, eine Ägypterin, die für kurze Zeit bei uns arbeitete, war die Unterhaltsamste von allen. Und die Mutigste, denn sie hatte ein »loses Mundwerk«, wie die Erwachsenen es nannten. Grundlos beschimpfte sie gerne mal ihre Arbeitgeber, und sie erzählte uns oft von »Männern, die sie in ihrem Leben gekannt hatte«. Ich verstand nicht so recht, was damit gemeint war, aber ich ahnte, dass sie Männer verachtete. Und ich fand es erstaunlich, wie diese Dame mit ihren neunzig Kilo die Hausarbeit mit der Eleganz einer »bezaubernden Jeannie« verrichtete: Sie putzte sämtliche Ecken blitzblank, machte die Betten und brachte alle Fensterscheiben zum Blinken.

Für mich war Inayat eine Ausnahmefrau. Besonders imponierte mir, wie sie sich ohne Wimpernzucken verteidigte, wenn sie von jemandem kritisiert wurde. Ich beneidete sie um ihren Mut und wünschte mir, zu sein wie sie: groß, imposant, frech, ohne Familie, Nonnen, Lehrerinnen oder sonst jemanden, der sich in deine Angelegenheiten einmischte.

Aber nach etwa zwei Monaten wurde Inayat wieder entlassen, die Erwachsenen nannten es nur nicht so. Angeblich hatte sie von sich aus den Entschluss gefasst, in ihr Land zurückzukehren. Aber uns war klar, dass die Erwachsenen ihre Frechheit nicht tolerierten.

Islam versus Christentum

Als ich Sœur Marie darum bat, die Chorstunde in der Schulkapelle besuchen zu dürfen, schaute sie zuerst verunsichert,
dann sagte sie: »Natürlich darfst du.«
Es war an einem Dienstag um 11 Uhr. Alle Schulklassen
standen vor der Innentür der Kapelle. Es schien ein beson-
derer Tag zu sein, es herrschte vollkommene Stille.

Plötzlich tauchte Mademoiselle Najwa auf und zog ein Gesicht, das nichts Gutes verhieß. Mir kam es vor, als spritzte
etwas Glitschiges aus ihren Poren. Sie kam auf mich zu, ihr
Mund öffnete sich, ich sah das Weiße auf ihrer Zunge und
ihre Lippen schienen noch bleicher als sonst. Mein Name
ertönte schallend durch die Vorhalle, und sie kreischte: »Was
machst du denn hier?« Mademoiselles Stimme war so schrill,
dass ich daran zweifelte, ob es wirklich mein Name war,
den sie da geschrien hatte. Meine kleine, erst neunjährige
Blase drohte zu platzen, ich geriet in Panik, weil gleich meine Schenkel und meine Kleidung nass würden. Zum Glück
stand Sœur Marie neben mir und erklärte Najwa, dass sie
es gewesen war, die mir den Zutritt zur Kapelle gewährt
hatte.
»Aber sie ist doch Muselmanin!«, empörte sich Najwa.
»Die Kirche ist das Haus des Herrn, und das Haus des Herrn
gehört allen«, sagte Sœur Marie entschieden.

Mein Gott, wie liebte ich Sœur Marie in diesem Augenblick! Sie hatte mir gerade das Leben gerettet, mein *gesellschaftliches* jedenfalls. Ich hatte befürchtet, Mademoiselle würde mir vor der gesamten Schule den Slip ausziehen und allen verkünden, dass ich noch in die Hosen mache.

Wir betraten die Kapelle und nahmen ordnungsgemäß Platz: Die Kleinsten vorne, hinter ihnen die Nächstälteren und so weiter. Es mussten hunderte Mädchen sein, die ganze Schulbelegschaft war da, also sämtliche Nonnen, Köchinnen, Lehrerinnen, Aufseherinnen. Und ich war mit Sicherheit die einzige »Muselmanin«. Ich dachte in dem Moment nicht darüber nach, warum Mademoiselle mich »Muselmanin« genannt hatte, und nicht »Muslimin«, wie meine Mutter es tat. Es kam mir auch nicht in den Sinn, dass Gott, der Gatte aller Nonnen und Herr dieser Kirche, Christenmenschen anderen Menschen vorziehen könnte. Und dass Mademoiselle Najwa deshalb so aufgebracht über meine Anwesenheit war. Ich hatte eben noch nie über die Eigenheiten des Herrn nachgedacht und erst recht nicht über die Schwierigkeiten, in die er die Menschen stürzen konnte.

Als ich meinen Platz eingenommen hatte, sah ich einen Mann in schwarzem Gewand mit gestärktem weißen Kragen vorne stehen und mit Handzeichen den Einsatz zum Gesang geben. Ich schloss aus seiner Kleidung, dass auch er ein Soldat des Herrn war, aber zweifelsohne stand er im Rang über Mère Marie Madeleine, denn er war ja ein Mann, also Gott gleicher.
Mir war nämlich aufgefallen, dass die Nonnen den Mönchen mit sehr viel Respekt begegneten. Sobald einer von ihnen in

der Schule aufkreuzte, sprachen sie überaus nett und freundlich mit ihm und gaben sich dabei so schüchtern, wie sie es untereinander nie taten. Ihr Verhalten stand im krassen Gegensatz zu ihrem sonst üblichen.

Jedenfalls hoben alle zum Gesang an, es war ein schöner, melodischer Gesang, nur verstand ich leider kein einziges Wort. Ich kam mir vor wie beim Fernsehkanal 9, wo nur Französisch gesprochen wurde, wobei das in der Kirche kein Französisch war, sondern eine mir gänzlich unbekannte Sprache.

Plötzlich brach der Gesang ab, der Mann mit dem schwarzen Talar und dem weißen Kragen schaute in meine Richtung, zeigte mit dem Finger auf mich und rief laut: »Du da! Was machst du hier in der Kirche, wenn du nicht singen willst? Wer nicht mitsingt, fliegt raus!«

Mein Gott! Mir stockte der Atem. Diesmal dachte ich, gleich würde man mich auffordern, Schuhe und Strümpfe auszuziehen, und dann würden sie mir Teer ins Gesicht schmieren und mir meine langen und glatten braunen Haare (mein ganzer Stolz) mit einer rostigen Schere abschneiden, und unter ihren schrillen Stimmen würde meine Kleidung reißen. Dann würden sie mich zwingen, vor aller Augen barfuß die Kirche zu verlassen, und öffentlich verkünden, dass ich das schlimmste Mädchen der Welt sei. Und dazu noch eine »Muselmanin«!

Es herrschte Totenstille.

Nach einem Moment, der mir vorkam wie eine Ewigkeit, gab der Mann der Menge wieder ein Zeichen, als wäre nichts geschehen. Ich sah alles leicht verschwommen, aber ich versuchte, seine Lippenbewegungen nachzuahmen, denn ich spürte Mademoiselle Najwas magendurchbohrende Blicke auf mir. Irgendwann hörten alle auf zu singen, und die Mädchen stellten sich in einer Reihe auf, um einzeln an einem alten Mann in weißem Gewand vorbeizudefilieren, oder vielleicht war es ein rotes? Auf dem Kopf jedenfalls trug er eine Art Fes mit Verzierungen und goldenem Ornament. Die Mädchen stellten sich vor den Mann und sperrten ihre Münder auf, und bei jeder legte der Mann eine dünne weiße Scheibe hinein. Dann klappten sie den Mund wieder zu, machten kehrt und gingen zurück an ihren Platz. Als meine Reihe dran war, bekam ich Herzklopfen. Ich lief hinter Fadia her, aber kurz bevor ich am Ziel war, zog Sœur Marie mich sanft aus der Reihe. Ich würde den Geschmack dieser weißen Scheibe also nicht kosten dürfen. Insgeheim fragte ich mich ohnehin, wie meine Klassenkameradinnen es fertigbrachten, ein Stück Papier hinunterzuschlucken.

Als wir die Kirche verließen, sagte Fadia zu mir, wenn ich wollte, könnte sie mir morgens vor Unterrichtsbeginn die Kirchenlieder beibringen. Schließlich kamen wir immer viel zu früh und mussten eine Stunde warten, bis wir vollständig waren und in die Klassen durften. Ich nahm ihr Angebot an. Von nun an trafen wir uns an mehreren Tagen morgens vor der Jesus-Statue. Fadia hatte eine aparte Stimme, ich lauschte gerne ihrem Gesang. Sie unterrichtete mich mit einer Geduld, wie sie bislang noch niemand aufgebracht hatte, obwohl ich dauernd Fehler im Text machte und meistens falsch intonierte. Nach drei oder vier Treffen, bei denen ich nicht einmal die Melodien in den Kopf bekam, schlug ich Fadia vor, doch besser Himmel und Hölle zu spielen statt zu singen. Ich nannte ihr keinen Grund, sie fragte auch nicht danach, und erklärte kurzerhand, dass auch sie lieber Hüpfspiele machte, und so ließen wir das Singen wieder sein.

Fadia

Eines Morgens — Fadia war meine Morgenfreundin geworden — sah ich sie wie gewohnt vor dem Schultor, aber diesmal hatte sie ein Nonnengewand an! Ihr Gesicht wirkte kleiner als sonst, denn der weiße Rahmen ihrer Kopfbedeckung verschluckte ihre Stirn, sodass ihre buschigen Augenbrauen nun besonders stark zur Geltung kamen und der Flaum auf ihren Wangen sichtbar wurde. Ich verstand nicht, was Fadia dazu gebracht hatte, sich so zu kleiden; sie hatte mir nie von diesem Kleid erzählt. Sie blickte abwechselnd auf den Boden des Schulhofes, gen Himmel und zu Sœur Bernadette, die neben ihr stand und uns Schülerinnen feierlich verkündete, dass Fadia von nun an ein vorbildliches Mädchen sei: »So sind die Mädchen, die den Herrn lieben! Alle sind sie schön, gehorsam, sittsam, und jedes andere Mädchen sollte sie sich zum Vorbild nehmen. Seht nur, wie dieses Kleid ihr Gesicht zum Strahlen bringt!«
Ich suchte nach besagtem Strahlen in ihrem Gesicht, in ihren Augen, an ihrem Kleid, ja sogar an ihren Schuhen, und weil ich da nichts entdecken konnte, vermutete ich, es läge daran, dass ich »Muselmanin« war.
Wir wussten damals nicht, dass dieser Auftritt bedeutete: Fadia wird uns nun verlassen.
Fadia war als uneheliches Kind zur Welt gekommen. Ihre Mutter hatte sie direkt nach der Geburt den Nonnen über-

geben, damit sie aus ihr eine Dienerin Gottes machten. So hatte sie bereits in ihrer Kindheit das Gelübde abgelegt, und war dazu bestimmt, die Zehen der Jesusstatue zu berühren und Kirchendienst zu verrichten. Doch jetzt brachte man sie an einen anderen Ort, wo sie andere Dinge erlernen musste. Dort, weit weg von hier, würde Fadia aufwachsen. Ich sollte sie nie mehr wiedersehen.

Später dann, bei ihrem letzten Gang durch die Schule, vermied sie es, mich anzusehen.

Als ich geraume Zeit später von Mädchen hörte, die von ihren Geliebten »entführt« worden waren, was oft dann geschah, wenn die Familie des Mädchens gegen die Beziehung war, kam mir sofort Fadia in den Sinn. Meine Phantasie arbeitete auf Hochtouren: Ich malte mir aus, wie ich Fadia aus einem Versteck, in das sie verschleppt worden war, befreien müsste. Ich sah sie als blondes Mädchen vor mir, so blond wie Sheila, die kokette französische Sängerin. Und sie lebte in einem kleinen Zimmer hoch oben in einem Turm ohne Tür noch Treppe. Ihr goldenes Haar war mit den Jahren so lang geworden, wie der Turm hoch war. Sie lebte allein in dem Turmverlies, und das Singen war ihr einziger Zeitvertreib. Genau wie im Märchen von Rapunzel. Der Gärtner des angrenzenden Klosters, ein Mann mit blauen Augen genau wie die des Mannes auf dem Bild in der Kirche, hörte Fadias Gesang. Sie sang in ihrem Turm all die schönen Lieder, die auch ich hätte lernen wollen, doch leider hatte ich bereits bei den Melodien versagt. Der schöne Gärtner war betört von ihr. Fadia nahm sein Werben an und ließ ihr goldenes Haar vom Fenster herab, damit er zu ihr hochklettern konnte.

Ja, und oben dann würde er sie zu sich heranziehen, sie würden sich küssen und ... Ich vermied es, mir weitere peinliche Einzelheiten auszumalen, aber ich stellte mir vor, wie der

Gärtner ein langes Seil am Turmfenster befestigt (wie das technisch gehen soll, sparte ich in meiner Phantasie ebenfalls aus), sich mit Fadia daran herablässt und sie »entführt«. An einem fernen Ort erwarte sie ein vollständig eingerichtetes Haus, sagte er zu ihr; genau so eines, wie ich es immer gemalt hatte. Dort würden sie einen Garten mit den schönsten Blumen der Welt anlegen und sich fortwährend anlächeln. So wähnte ich Fadia in Sicherheit und kam zu dem Schluss, dass ich sie nun vergessen konnte.

Die jungen Leute
14. April 1975

Wie jeden Morgen lud uns der Schulbus an der Notre Dame du Liban ab. Weitere Busse trafen einer nach dem anderen ein, und aus jedem stiegen ein paar Mädchen. Die Lehrerinnen flüsterten miteinander. Unsere Klassenlehrerin wies uns an, unsere Plätze einzunehmen, aber jede ihrer Bewegungen, jeder Satz, den sie sagte, erschien mir verhalten, zögerlich. Kurz darauf kam die Direktorin zu uns in die Klasse und flüsterte der Lehrerin etwas ins Ohr. Dann forderte sie uns auf, ganz schnell unsere Ranzen zu packen und nach Hause zu gehen. Wir taten wie geheißen, ohne nach dem Grund zu fragen.

Kaum war ich aus dem Schultor, sah ich meine Mutter aus einem Taxi steigen und auf meinen kleinen Bruder zurennen, der in unserem Schulkomplex die Vorschule besuchte. Sie nahm ihn bei der Hand, dann lief sie zu mir und meiner kleinen Schwester, die an meiner Hand war, und bedeutete uns, mit ihr ins Taxi zu steigen. Was machte meine Mutter hier an unserer Schule? Warum saß sie mit einem fremden Fahrer im Taxi? Und wieso fuhren wir nicht mit Monsieur Halim im Bus?

»Wo ist eure Schwester?«, fragte meine Mutter. Wir wussten es nicht, und so rannte meine Mutter zu Sœur Bernadette, die vor der Schule stand und das Geschehen verfolgte und, ganz gegen ihre Gewohnheit, nur noch wirre Kommentare über die Lippen brachte. Sie flüsterte meiner Mutter offenbar etwas sehr Schlimmes ins Ohr, denn schlagartig veränderte sich ihr Gesichtsausdruck. Da nahm ich meine beiden Geschwister, die wie angenagelt dastanden, noch fester an die Hand, um sie ja nicht zu verlieren.

Unsere Mutter eilte zu uns, packte meinen Bruder an der Hand, zerrte uns drei auf den Rücksitz des Taxis und wies den Fahrer an loszufahren.

Sie zitterte. Der Fahrer bat sie, sich keine Sorgen zu machen, er würde nachher zurückkommen und meine unauffindbare Schwester abholen, sobald die Demonstration vorbei sei.

Meine Mutter sagte nichts. Sie war sehr wütend, und wenn sie wütend war, verstummte sie einfach, aber ihr Gesicht lief feuerrot an.

Zu Hause wartete unser Vater. Er war sehr nervös und angespannt. Er fragte nach meiner älteren Schwester, und endlich erklärte meine Mutter, was passiert war. Männer von der Phalangisten-Partei seien in der Schule aufgetaucht, hätten Mère Marie Madeleine geohrfeigt und sie gezwungen, alle älteren Mädchen bis hinunter zur Mittelstufe auf ihre Demonstration zu schicken.

»Diese Hundesöhne!«, fluchte mein Vater, fassungslos vor Wut. Wir Geschwister saßen dicht zusammengedrängt auf dem Wohnzimmersofa und wagten nicht, uns zu rühren oder ein Wort zu sagen. Aber sicherlich dachten wir alle drei: Wird unsere Schwester heimkehren oder ist sie uns für immer genommen?

Mein Vater lief immerzu rauchend durch die Wohnung. Irgendwann, Stunden später, kam der Taxifahrer und hatte meine große Schwester dabei. Ich begriff, dass mein Vater den Fahrer persönlich beauftragt hatte, uns abzuholen. In diesem Moment war der Fahrer in meinen Augen ein Familienmitglied. Die Backen meiner Schwester glühten, als sie voller Begeisterung von der Demo berichtete. »Wir haben demonstriert und gerufen: Palästinenser raus! Palästinenser raus!«, und bei diesen Worten hob sie die Faust, ließ sie aber schnell wieder sinken: Mein Vater brüllte plötzlich so laut, dass beinahe die Zimmerdecke heruntergekommen wäre. Meine Schwester war still.

Wir drei waren es ohnehin.

Wie konnte meine Schwester bloß »Palästinenser raus!« rufen, wo der Vater uns doch beigebracht hatte, dass die Befreiung Palästinas nichts Geringeres als Sinn und Zweck unseres Lebens zu sein hatte!? Damals dachte ich, Palästina sei ein Dorf im Süden des Libanon, das die Feinde, die sich Israel nannten, meinem Großvater, meinem Vater und deren Freunden geraubt hatten, und wir müssten nun Krieg gegen sie führen, um die Palästinenser von dieser Fremdherrschaft zu befreien. Dann würden wir die Palästinenser mitnehmen, und in Zukunft würden sie in Frieden zusammen mit uns leben.

Als meine Schwester »Palästinenser raus!« gesagt hatte, meinte ich gehört zu haben, dass sie außerdem noch das schlimme Schimpfwort in den Mund genommen hatte, das zu benutzen uns streng untersagt war. Selbst wenn eine von uns Mädchen einmal als »Nutte« beleidigt wurde, durften wir, wenn wir uns darüber beklagten, nur sagen: »Er hat das N-Wort zu mir gesagt!« Und wenn es »Fick deine Mutter« war, mussten wir sagen: »Er hat FdM gesagt!« Aber das war angesichts der Worte, mit denen meine Schwester soeben Gott persönlich verhöhnt hatte, vergleichsweise harmlos!

Auf Weisung unseres Vaters verzogen wir uns auf unsere Zimmer. Er selbst verließ das Haus zusammen mit dem Taxifahrer, der meine Schwester zurückgebracht hatte. Zuhause herrschte bedrückende Stille, die sich erst nach und nach lockerte, als meine Mutter aufgeregt mit meiner Tante oder meiner Oma telefonierte.

Meine Schwester, die »Palästinenser raus!« gerufen hatte, legte unterdessen »Schwanensee« auf und las ein Buch von Boris Vian. Sie liebte Bücher, ja sie las selbst solche, die niemand von ihr zu lesen verlangte. Und auch klassische Musik liebte sie, einfach so, ohne dass jemand sie dazu drängte. Sie war so etwas wie die Familien-Intellektuelle. Währenddessen spielte meine kleine Schwester mit unserem Bruder. Sie trug ihm Make-up auf, hängte ihm Schmuck um und ließ ihn in Mutters Stöckelschuhen durch die Wohnung staksen. Ich wiederum ging ins Bad und rauchte die erste Zigarette meines Lebens (ich war mittlerweile elf). Und vor dem Spiegel hielt ich eine Rede, bei der ich Kamel al-Asaad imitierte, einen damals sehr einflussreichen libanesischen Politiker, den mein Vater aber nicht mochte. Und ich beschloss, mich eines Tages politisch zu betätigen. Am liebsten würde ich eine Fida'i-Kämpferin werden und mit Uniform, Kalaschnikow, eine Zigarette im Mundwinkel, im Jeep herumfahren. Dann würde ich irgendwann auch Palästina befreien.

Palästina, welch ein Wort! Bei uns zu Hause wurde es in einem Ton ausgesprochen, in dem sich Liebe und Trauer vermischten. »Libanon« dagegen sprach man mit einem Lächeln aus, mit Geringschätzung und Ironie. Wegen all dieser Dinge kam ich zu dem Schluss, dass Palästina die wahre Heimat aller Libanesen sein musste, und der Libanon war nur der befreite Teil davon.

Tyros — zurück ans Meer

Unser Umzug zu den Großeltern war mir ein Fest, denn je mehr Erziehungsberechtigte es gab, desto weniger wurde man überwacht. In Beirut herrschte Krieg, aber in Tyros spürten wir nichts davon, außer dass es manchmal kein Benzin gab, noch öfter keinen Strom und auch kein fließendes Wasser.

Das Haus meines Opas lag am Meer; alles, was es davon trennte, war ein palästinensisches Flüchtlingslager. Seine Bewohner lebten davon, dass sie Libanesen im Haushalt halfen oder Holzkohle verkauften. Die Häuser, vielmehr die Hütten im Jall-al-Bahr-Lager lagen unmittelbar neben brennenden Kohlehaufen, an deren Qualm wir uns nach und nach so gewöhnten, dass er Teil unseres Lebens wurde. Die Palästinenser, die dort lebten, waren schrecklich arm. Auf einer Freifläche in der Nähe des Camps spielte ich heimlich Völkerball mit ihnen; eigentlich durften wir nicht mit ihnen spielen. Ich aber beneidete die Flüchtlingskinder um ihre Freiheit. Sie durften barfuß auf die Straße und sich die dreckigsten Lumpen anziehen. Sie brauchten nicht höflich zu sprechen, nicht zur Schule zu gehen, nicht still zu sein, wenn Erwachsene redeten. Ja, sie beschimpften sogar ältere Leute, wenn es sein musste. Die palästinensischen Kinder hatten vor nichts Angst, und ich bewunderte sie einerseits, hatte andererseits Mitleid mit ihnen. Denn mein Opa predigte uns immer nachdrücklich, dass wir sie zu beschützen hatten. Aber vor wem eigentlich? Das wurde mir nie klar, zumal sie viel stärker waren als wir Kinder aus dem Haus des »Sayyid«, wie es genannt wurde, was darauf hindeutete, dass unser Stammbaum sich auf den Propheten zurückführen ließ.

Wieder mussten wir auf eine Nonnenschule, aber die Nonnen hier waren viel netter als die in Beirut; außerdem war der Rektor ein Père, keine Mère. Père Antoine hieß er, und in der Schule ging das Gerücht, dass er der Vater eines unserer Mitschüler namens Elia sei, während die Schulköchin, eine Frau in den Vierzigern, Elias Mutter war. Dieses Gerücht machte mir Père Antoine sympathisch, und ich sah ihn mit Verschwörerblicken an, denn ich glaubte mit ihm gemein zu haben, dass wir uns beide nicht an die Gebote der »Großen« hielten.

In Tyros erfuhr ich vom Geheimnis der Schwangerschaften: Sie entstehen durch Geschlechtsverkehr zwischen Mutter und Vater, hatte meine Cousine Abir mir erklärt. Sie behauptete, ihre Eltern einmal dabei beobachtet zu haben, wie sie den Akt im Badezimmer vollzogen. Sie habe gesehen, wie sie beide nackt dastanden und wie mein Onkel das Ding, mit dem er sonst pinkelte, meiner Tante auf den Bauch legte. Sie beide hätten dabei sehr gelacht. So also waren unsere Mütter schwanger geworden, dachte ich und fand es einfach skandalös.

Abir führte mich auch in das Geheimnis der Liebe ein. Als ich sie einmal fragte, warum mein Herz so schnell schlägt,

wenn ich meinem Cousin Musa begegne, sagte sie mit verschlagenem Lächeln: »Das ist die Liebe, meine Cousine!«
Ließ die Liebe das Herz so schnell schlagen, dass es weh tat? Ich hatte immer gedacht, Liebe, das wäre etwas Schönes, Zartes, und jetzt machte es mir die Brust eng, ließ meine Hände zittern, nahm mir fast den Atem. Ich fand, dass das keinen Sinn ergab, und konnte es nur schwer glauben. Entsetzt dachte ich, dass mein Herz jetzt ein Leben lang, kaum dass ich Musa zu Gesicht bekäme, so wild pochen würde. Abir aber beruhigte mich und sagte, das sei ganz normal am Anfang, es würde sich bald wieder legen. Nur, woher wusste sie das alles? Sie war genauso alt wie ich, ja sogar drei Monate jünger! Ich musste ihre Informationen anzweifeln, auch die in Sachen Schwangerwerden, zumal sie noch verrückter nach Süßigkeiten war als ich – und das wollte etwas heißen!

Musa seinerseits bemerkte meine Verliebtheit gar nicht, bis Abir es ihm verriet. Daraufhin besuchte er uns jeden Tag, aber ich wagte nicht, mit ihm allein im Zimmer zu bleiben. Er versuchte mich zu gewinnen, indem er dazustieß, wenn ich mit den palästinensischen Kindern Fußball spielte und machte bei jeder Gelegenheit Annäherungsversuche. Das Einzige, was er erreichte, war, mich einmal unter die Achsel zu fassen, als mein Ärmel zerrissen war. Mein Herz fiel mir vor die Füße. Und am nächsten Tag kam er wieder und forderte mich auf, Völkerball mit ihm zu spielen. Ich ging natürlich mit und musste meine Schritte bremsen, um nicht vor lauter Vorfreude, mit ihm spielen zu können, versehentlich vorauszurennen. Unter den Jungs, die mitspielten, war einer, der größer und kräftiger war als mein Cousin, und der vor den anderen Kindern prahlte, wie bravourös er den Ball annehmen konnte. Aus irgendeinem Grund hatte er Musa auf dem Kieker und behandelte ihn abweisend und feindselig. »Was glaubst du eigentlich, wer du bist?«, rief Musa ihm mit einem Mal zu. Da wurde der palästinensische Junge so böse, dass er Musa am Kragen packte und schrie: »Hau ab hier, klar? Wer ich bin, willst du wissen, ha? Und du, wer bist du denn? Ich schwöre, ich hetz dir den ›Bewaffneten Kampf‹ auf den Hals! Geh zur Muschi der Schwester von dem, der dich gezeugt hat!« Es war eine Tirade im feinsten palästinensischen Dialekt.

Am nächsten Tag kam Musa nicht mehr zu Besuch, und ich hatte auch kein Verlangen mehr, ihn zu sehen. Bald verschwand auch mein Herzklopfen, wenn ich ihn zufällig irgendwo sah. Um ehrlich zu sein, war ich darüber sehr erleichtert.

Der vierte Umzug

Nach zwei Jahren Bürgerkrieg zogen wir zurück nach Beirut. Unser Haus in Shayyah war von Osten her von mehreren Granaten getroffen worden, an der Seite, wo unsere Schlaf- und Badezimmer gelegen hatten. Die Wand unseres Mädchenzimmers, wo meine ältere Schwester ein Bild von Mike Brant aufgehängt hatte, war komplett weggerissen, und wir fanden nur noch Reste von unseren Betten, dem Schrank und dem Bücherregal vor. Das Zimmer wirkte jetzt wie eine Art Balkon, und weil es durch nichts mehr von der Straße getrennt war, wurde es zu einem Teil von ihr. Vor der Eingangstür zum Haus lagen noch ein paar unserer persönlichen Sachen herum, darunter Familienfotos. Aber weil es mir so vorkam, als ob nun alles allen gehörte, hatte ich keine großen Verlustgefühle.

Meine Eltern zogen neue Wände hoch, aber die schützten uns nicht vor den Geschossen, die noch immer aus Ost-Beirut herübergeflogen kamen. Nach weniger als einem Jahr mussten wir erneut aus unserer Wohnung ausziehen, diesmal ohne Wiederkehr. Alle meine Geschwister kamen anschließend in »ordentlichen« Schulen unter, nur ich nicht, weil ich die obligatorische Aufnahmeprüfung nicht bestand. Mir fehlten die nötigen Vorkenntnisse. So mussten meine Eltern mich auf irgendeine Schule schicken, Hauptsache, ich wurde angenommen. Wie auf der Schule mit dem Namen Qasr as-Sanaubar, »Pinienpalast«. Sie war säkular ausgerichtet, und die meisten Lehrer fand ich auch ganz in Ordnung, besonders Herrn Samir, bei dem wir Bürgerkunde hatten. Er nannte mich Marco Polo, weil ich einmal mit einem Sweatshirt mit diesem aufgedruckten Namen in die Schule gekommen war. Er fragte mich, ob ich wisse, wer Marco Polo gewesen sei? Natürlich wusste ich das nicht, und auch keiner meiner Mitschüler. Daraufhin widmete Herr Samir die ganze Unterrichtsstunde der Geschichte Amerikas seit Marco Polo, der den Kontinent nämlich als Erster entdeckt hatte. Dann schlug er einen Bogen zur Demokratie, machte uns in aller Form deutlich, was das ist und warum sie so wichtig ist, wenn man einen Staat und eine Gesellschaft aufbauen will.

Herr Samir war auch der Erste, der uns erklärte, was eine Partei und was eine Gewerkschaft ist, was die Aufgaben der Regierung, des Parlaments, des Präsidenten sind und wie ein Staat funktioniert. Er sprach über Politik, obwohl wir erst dreizehn waren. Seine Unterrichtsstunden waren mir die liebsten, denn er war der einzige Lehrer, der sich nicht hinter, sondern auf das Lehrerpult setzte und zu uns sprach wie zu seinesgleichen – nicht wie zu unmündigen Minderjährigen, von denen nur Gehorsam erwartet wurde. Zudem sah er auch sehr gut aus, war sportlich und schlank, und seine grünen Augen sprühten vor Geist und Empathie.
Als wir nach den Neujahrsferien im Bus auf dem Weg zur Schule waren, sahen wir in der Umgebung der Schule überall Bilder von Herrn Samir hängen. Eine meiner Mitschülerinnen rief: »Er ist tot! Auf den Plakaten steht, dass er den Märtyrertod gestorben ist!«

Wir erfuhren, dass er irgendwo in Shayyah mit dem Auto über eine Sprengfalle gefahren war. Er begleitete gerade seine Verlobte nach Hause. Beide waren nur dreißig Jahre alt geworden.

Zum ersten Mal war ich aus der Nähe mit dem Tod eines Menschen konfrontiert. Bis dahin war noch keiner aus meiner Familie oder meinem Bekanntenkreis ums Leben gekommen. Bei Herrn Samirs Tod wurde mir bewusst, wie sich Trauer anfühlt. Zugleich verspürte ich Zorn und wusste nicht, wohin damit. Mit dem Tod meines Lieblingslehrers verging mir zudem die letzte Lust auf Schule.

Bald schon flog ich wegen schlechten Benehmens von der Pinienpalast-Schule, danach von der Manara und schließlich von der Ahliya, meiner letzten Schule. Von der wurde ich verwiesen, wegen eines Stinkbombenanschlags auf unser Klassenzimmer morgens vor Unterrichtsbeginn, der auf mein Konto ging: Er hätte verhindern sollen, dass die Chemie-Prüfung stattfand. Der penetrante, ekelhafte Gestank hielt sich noch tagelang in den Räumen. Mein Freund Asaad hatte die Bombe platziert. Er war es auch, der mich bei der Schulleitung verpetzte, nachdem man ihm mit Schulverweis gedroht hatte, falls er nicht mit der Wahrheit herausrückte. Also packte Asaad aus. Die Idee mit dem Anschlag stammte von mir, und ich hatte dann jemanden beauftragt, Asaad eben, die Stinkbombe zu organisieren. Von der Schule flogen wir beide.

Ich war gelangweilt und zerstreut, und zugleich tat mir meine Mutter leid, wie sie einen Direktor nach dem anderen anbettelte, mich doch bitte an seiner Schule aufzunehmen. Ich aber interessierte mich viel mehr für die *Probleme der Welt* als für irgendeine Lehrerin, die uns die arabische Grammatik mit all ihren Ausnahmen erklärte, deren Komplexität nur noch von den Regeln der Mathematik übertroffen wurde. Ich hatte auch keine Lust, einem Physiklehrer zuzuhören, der sich über die Entdeckung des Planeten Pluto ausließ und darüber, dass die ersten Entdecker ihn zunächst für größer als die Erde gehalten hatten, bis schließlich erwiesen war, dass er in Wirklichkeit viel kleiner als diese ist. Ja und? War es nicht völlig egal, ob ich so etwas wusste oder nicht? Außerdem, noch nie hatte ich jemanden, der von den Erwachsenen ernstgenommen wurde, von so etwas reden gehört.

»Millionen Chrysanthemen in Shayyah«

Ich war fünfzehn, als ich von einem Selbstmordanschlag hörte, den eine junge Frau im Südlibanon gegen Israel verübt hatte. Ich war begeistert von dieser Heldentat, kam aber erst einmal nicht auf den Gedanken, selbst so etwas tun zu wollen. Später sollte sich das ändern. Im Freundeskreis meiner älteren Schwester gab es viele Kommunisten, und die fand ich gut. Die waren nämlich viel klüger als alle meine Schullehrer zusammen. Wenn ich in ihrer Gesellschaft war, fühlte ich mich ermutigt, mich gegen alle Traditionen aufzulehnen, die mich daran hinderten, meine *Individualität zum Ausdruck zu bringen.* Was im Klartext bedeutete: Schuleschwänzen, Rauchen, auf Demos gehen, Party machen.

Diese »Parties« begannen damals um 16 Uhr und endeten um 20 Uhr. Ich ging mit meiner älteren Schwester dorthin; sie war gezwungen, mich mitzunehmen, weil ich ihr drohte, andernfalls unserer Mutter zu verraten, wohin sie in Wirklichkeit ging, wenn sie ihr gegenüber behauptete, sie besuche eine Freundin und gemeinsam sähen sie ihre Schulaufgaben durch. Widerwillig nahm sie mich also mit, unter der Bedingung, dass ich mich weit weg von ihr in eine Ecke setzte und mich möglichst nicht von dort wegbewegte. Schließlich hockte ich auf einem Sofa in der Wohnung von Leuten, die außer Haus waren, um ihrem Nachwuchs zwischendurch mal die Möglichkeit zu geben, tun und lassen zu können, was sie wollten. Zu trinken gab es Säfte, Pepsi und dergleichen, während Alkohol absolut tabu war. Nur einmal sah ich einen Mitfeiernden, der eine Flasche Bier eingeschmuggelt hatte.

Bei schummrigem Licht wurde dann zu Schnulzen ganz eng Stehblues getanzt. In einem der Lieder hieß es: *Faisons l'amour, comme si c'était la première fois... encore une fois, toi et moiiiiii...*

Ich kannte den Song von einer etwas älteren Mitschülerin, die ihn in der Schule immer vor sich hin trällerte. Einmal fragte ich sie, was das eigentlich bedeutet: *faisons l'amour*, Liebe machen? Spöttisch sah sie mich an, als wollte sie sagen: Du bist doch viel zu klein für solche Sachen! Ich verstand zumindest, dass es sich um etwas Unanständiges handeln musste, und wurde ziemlich sauer, als ich das Lied auf der Nachmittagsparty hörte und meine Schwester zu diesen anstößigen Worten tanzen sah. Aber gleich schon sah ich darüber hinweg und genoss meine Freiheit in diesen Stunden: Ich konnte rauchen, so viel ich wollte, dabei die Freundinnen meiner Schwester beobachten, die viel freier als wir mit ihrem Körper und mit den Jungs umgingen.

Ich wusste nur nicht, ob das gut oder schlecht war.

Die revolutionären Lieder von Marcel Khalife, Khaled al-Habr und Ahmad Qaabur, die zu Ikonen wurden, kannten wir auswendig. Ich schnitt mir die Haare, trug zerrissene Jeans und Hemden aus dem Second-Hand-Shop. Ich blickte auf meine Altersgenossinnen im Rock herab, rauchte Gitanes und bildete mir ein, aktiver Teil »der Sache« zu sein.

Ich schloss mich einem »Komitee zur Unterstützung des Südens« an, mein erster Schritt in Richtung *politische Arbeit*. Alle Mitglieder dieses Komitees waren Studenten, ich war die einzige Schülerin. Die Aktivität der Gruppe bestand darin, Lebensmittel und Medikamente zu sammeln (ich wusste nie, von wem die kamen) und sie an bedürftige Familien im Südlibanon zu schicken. Außerdem veranstalteten wir Bazare, auf denen wir Sachen verkauften, die unsere Mütter herstellten (ich erinnere mich nur an die Kuchen), und brachten Trödel von zu Hause mit, um ihn im Kooperativ-Laden der Amerikanischen Universität in Beirut zu verkaufen; auch diese Erträge sollten »den Armen im besetzten Süden« zugutekommen. Jede Woche fanden Treffen statt, auf denen alle über »Widerstandspolitik« diskutierten und über viele andere Dinge, von denen ich nicht immer verstand, wie sie zusammenhingen.

Insbesondere der Zusammenhang zwischen »weltweitem Isolationismus, Imperialismus und Zionismus« und unseren Spenden- und Medikamentensammlungen für arme Familien im Südlibanon war mir nicht klar; was ich allerdings darauf schob, dass ich einfach noch zu jung war, um solch »gewichtige Dinge« zu begreifen.

Eines Tages verschwand die Kasse des Komitees. Ich weiß nicht genau, wie viel Geld darin war, offenbar nicht wenig. Der Dieb wurde nie aufgedeckt, aber insgeheim stand eines der besonders aktiven Mitglieder unter Verdacht. Auf der letzten Versammlung der Gruppe waren nur noch wenige von uns zugegen. Das Komitee löste sich auf, und zugleich verflogen meine vagen Ambitionen, mich politisch zu engagieren und »Millionen Chrysanthemen in Shayyah« zu pflanzen, wie es damals in dem berühmten Lied von Khaled al-Habr hieß.

Khomeini – Ku alangu?

An einem Morgen im Februar herrschte ein totales Chaos an der Manara-Schule, und der Direktor, Monsieur Joseph, ließ seinen Ärger darüber an uns Schülern aus. Auf seine Schule gingen Kinder aus dem Manara-Viertel im Bezirk Ras Beirut, sowie all diejenigen, die von anderen Schulen geflogen waren oder die Prüfungen nicht bestanden hatten. Meine Freundin Maha Yamut und ich gehörten zu Letzteren; für mich war es die vorletzte Schule, von der ich verwiesen wurde. Unser Respekt für Monsieur Joseph war bereits an dem Tag dahin, als er uns auf der Straße nachgerannt war. Wir waren gerade aus der Schule ausgerissen und unterwegs zum International College, wo wir Mahas Bruder Shafiq abholten, um uns mit ihm wie die Großen ins Whimpy zu setzen und Zigaretten zu rauchen.

An jenem Februarmorgen im Jahr 1979 wollten wir Schüler uns nicht wie üblich in Reih und Glied auf dem Hof aufstellen, bevor wir in die Klassenräume gingen. Und feierten stattdessen die iranische Revolution und skandierten Parolen zur Unterstützung des heldenhaften persischen Volkes, das den tyrannischen Schah zur Abdankung und zur Flucht aus seinem Land gezwungen hatte.

Verdrossen und wütend stand Monsieur Joseph da, fuchtelte mit den Armen herum, um die Schüler zur Ordnung zu rufen, vergeblich. Einer hielt eine Rede und rühmte dabei das iranische Volk und seine Revolution, als käme er geradewegs aus Teheran und habe den Aufstand dort höchstpersönlich geplant. Es dauerte nicht lange, bis der Funke auf uns übersprang und alle riefen »Revolution bis zum Sieg, Revolution bis zum Sieg! Revolution bis zum Sieg!«, kaum dass der Redner das als Parole vorgab. Damit ging die erste Unterrichtsstunde drauf, während Monsieur Joseph mit verschränkten Armen herumstand. »Verdammt sollt ihr sein und alle, die euch etwas beibringen wollen«, das stand ihm ins Gesicht geschrieben.

Auf Persisch kannte ich nur die Wörter Sahun beziehungsweise Suhan, wie man es dort aussprach, sowie ku alangu (»Wo ist der Armreif?«) und biya inja (»komm her!«). Die Frau meines Onkels, eine Perserin, hatte uns diese Ausdrücke beigebracht. Sie war sehr schön, und wir nannten sie Farah Diba, obwohl sie der Frau des Schahs gar nicht ähnlich sah. Beide Phrasen sagten wir immer zu ihrer kleinen Tochter, meiner Cousine, die noch gar nicht sprechen konnte, aber auf alle Fälle nur die Sprache ihrer Mutter verstand. Aber die aufwiegelnden Parolen an der Schule überdeckten bei mir ab sofort solche lieblichen Worte. Für mich gab es, was Iran anbelangte, von jetzt an nur noch »Revolution bis zum Sieg«, und an die Stelle des Bildes meiner blonden Tante trat in meiner Vorstellung das eines bärtigen Scheichs, der dem Großvater meiner Mutter ähnelte.

Nur dass damals noch kein Bild meines Urgroßvaters im Wohnzimmer hing, und überhaupt erwähnte man seinen Namen nur bei seltenen Gelegenheiten; etwa wenn sich einer an eine persönliche Begebenheit mit ihm erinnerte und den »Herrn Urgroßvater« mit einem Satz zitierte, der eine Weisheit oder sonst etwas Kluges zum Ausdruck brachte und den man deswegen gern wiederholte. Niemand bei uns zu Hause erwähnte damals die iranische Revolution, selbst dann nicht, als in den Abendnachrichten gezeigt wurde, wie der Schah auf der Flucht vor den Demonstranten in ein Flugzeug stieg und an seiner Statt ein bärtiger Scheich erschien, der den Massen zuwinkte.

Allerdings hörten wir nun von Tag zu Tag neue Geschichten darüber, wie der Schah sein Volk unterdrückt hatte. So berichtete mein Onkel, der in Iran studiert hatte, von einer Studentendemo, die auf Befehl des Schahs so brutal niedergeschlagen worden war, dass Ströme von Blut durch die Straßen flossen. Und vom Großvater meiner Mutter wurde berichtet, dass er sich trotz Einladung geweigert habe, den Schah zu besuchen, als er sich einmal im Libanon aufhielt. »Wehe dem Volk, dessen Gelehrte sich vor seinem König verneigen«, soll er gesagt haben. Dem Schah sei nichts anderes übrig geblieben, als sich seinerseits zum Haus meines Urgroßvaters zu begeben. Später stellte sich heraus, dass der Schah meinen Urgroßvater zwar zu sich eingeladen hatte, doch umgekehrt besucht hat er ihn nie.

Immer mehr Geschichten über Iran und meinen »Herrn Urgroßvater« wurden erzählt, über die Ruhmestaten der Religionsgelehrten, die Geschichte des Jabal Amel im Südlibanon, die Unterdrückung der Schiiten, die historische Schlacht von Kerbela und das Martyrium des Hussein ... Damals klangen diese Erzählungen für uns eher wie Grimms Märchen und nicht wie Schilderungen historischer Ereignisse. Doch nach und nach rückten sie immer näher an die Gegenwart heran und wurden zu so etwas wie unserer persönlichen Vergangenheit, die wir bisher nur vergessen hatten und an die sich zu erinnern immer mehr zur Pflicht wurde. Und schon bald hing das Bild unseres »Herrn Urgroßvaters« in immer weiteren Wohnungen unserer Verwandtschaft.

Unterdes war meine persische Tante überhaupt nicht glücklich über die Ereignisse in Iran. Sie hatte den Schah geschätzt, und wenn sie im Fernsehen Bilder von der Revolution sah, breitete sich Angst in ihrem Gesicht aus. Es verwirrte mich, dass die einzige Iranerin, die ich kannte, sich nicht über die Revolution freute. Sie musste doch Bescheid wissen über das, was in ihrem Land passierte. Warum denn waren hier alle so begeistert von dem Scheich, der neuerdings die Geschicke von Iran lenkte, nur sie nicht? Ich beschloss daher unter dem Einfluss der kommunistischen Freunde meiner Schwester, in ihr eine Vertreterin der Bourgeoisie zu sehen, die dem Volk und der Revolution feindlich gesonnen war. Dazu passte auch, dass sie »schicke Kleider und Luxus« liebte, wie die Frauen in der Familie über sie sagten; wahrscheinlich war sie deshalb betrübt über den Abgang des Schahs und seiner Frau Farah Diba und auch, weil deren Paläste nun den Werktätigen gehörten. Aber wenn ich sie mir dann so ansah, traurig und ängstlich wie sie war, fragte ich mich, wie dieses Geschöpf eine Feindin von wem auch immer sein sollte. Nun ja, sie stand ein wenig auf Luxus, aber was war daran so schlimm? War man ein schlechter Mensch, wenn man ein Leben in Wohlstand schätzte? Auch mir gefielen zuweilen schöne und teure Klamotten. Aber das gestand ich natürlich nur mir selbst ein.

Ab dem Jahr, das auf die iranische Revolution folgte, durften wir mit einem Mal keine Badekleidung mehr tragen, und auch sonst nichts, was »Fleisch« sehen ließ. Täglich wurde unsere Kleidung begutachtet: Diese Bluse »zeigt mehr, als sie verdeckt«, hieß es, jene Hose sei viel zu »kurvenbetont«, und überhaupt müsse ich mich so schamhaft kleiden, wie es sich für eine Tochter »aus religiösem Haus« gezieme (ein Ausdruck, den wir nie zuvor gehört hatten). Und fast täglich war nun von religiösen Ritualen wie Beten und Fasten die Rede, was zu erheblichem Krach bei uns zu Hause führte. Wir verstanden einfach nicht, wie aus aufgeschlossenen, wenn auch konservativen Menschen wie unseren Eltern mit einem Schlag unduldsame, intolerante religiöse Eiferer werden konnten.

Sie hatten uns auf christliche Schulen geschickt und erwartet, dass wir besser Französisch als Arabisch sprächen. Wir durften Bücher lesen, Musik hören und Spiele haben, wie sie jedes Kind in Frankreich oder England auch hatte. Sie hatten uns den letzten Schrei von Klamotten aus Italien gekauft – all das, weil wir unabhängige, gebildete Frauen werden sollten. Und plötzlich, mit der Iranischen Revolution, und eklatanter noch nach der israelischen Invasion 1982, änderte sich alles. Nun war die Rede von unserem Ahnen, der ein großer schiitischer Gelehrter gewesen war und dessen Stammbaum zum Propheten Mohammed zurückreichte. Wir seien Teil der schiitischen Glaubensgemeinschaft und hätten folglich unsere Werte und Traditionen darüber zu definieren.

Die Kluft zwischen uns und unseren Eltern wurde immer tiefer, in immer mehr Dingen wurden wir einander fremd. Sie verstanden nicht, dass es uns einfach nicht interessierte, einen Glauben zu praktizieren, zumal wir daran überhaupt nicht gewöhnt waren. Und wir kapierten nicht, warum die Eltern uns in eine Welt zwingen wollten, mit der uns dem Gefühl nach rein gar nichts verband und die im Widerspruch zu allem stand, was wir bisher gekannt hatten.

Firas, Nayla, Maya und Jihad

Ich war sechzehn, als meine Großmutter starb. Im selben Jahr entschied ich, mich bei den »kommunistischen Genossen«, den Freunden meiner Schwester, als Selbstmordattentäterin zu melden, um mich am Kampf für die Befreiung unseres besetzten Lands zu beteiligen. Ehrlicherweise musste ich zugeben, dass ich gar nicht genau wusste, wo dieses besetzte Land überhaupt lag und wie groß es eigentlich war. Aber es war nicht meine Unkenntnis, die mich umdenken ließ, sondern die Unmöglichkeit, das Einverständnis meiner Eltern zu bekommen. Sie hätten mir ja nicht einmal erlaubt, eine einzige Nacht bei einer Freundin zu verbringen, ganz zu schweigen von einer mehrtägigen Abwesenheit von zu Hause! ... Einige Tage Vorbereitung hätte eine solche Mission sicherlich erfordert.

Ich änderte also meine Pläne und rettete mich vor Eltern und Schule, indem ich eine Stelle in einem neu eröffneten Zentrum für Sonderpädagogik in einem Bergdorf namens Shemlan antrat. Mein Onkel, der selbst zwei geistig behinderte Kinder hatte, war einer der Gründer. Es hieß »Marie-Rose-Boulos-Zentrum für Heilpädagogik« und lag gegenüber dem »Nahost-Zentrum für Arabische Studien«, das 1948 von den Briten gegründet worden war und bei seinen Kritikern als

Ausbildungsstätte für Spione galt, denn viele seiner Studien-
abgänger arbeiteten später für die CIA. Heute ist es ein ver-
lassenes Gebäude, in dem Pflanzen wuchern, Ungeziefer lebt
und die Hinterlassenschaften von Leuten zu finden sind, die
einen Ort brauchen, wo sie ungestört sind.

Die Sonderpädagogik nahm sich geistig oder emotional zu-
rückgebliebener Kinder an, die gemeinhin als geistesgestört
bezeichnet wurden. Diese Klassifizierung konnte ich überhaupt nicht verstehen: Für mich waren diese Kinder nicht
dümmer oder weniger intelligent als andere. Sie waren lediglich anders.

Firas beispielsweise, vier Jahre alt, liebte Rundgeformtes
über alles. Die Schulterlehne eines Stuhls, meine Ellenbo-
gen oder mein Knie, oder auch alles, was glänzte, besonders
wenn es aus Metall war und Sonnenstrahlen darauffielen.
Und seine Vorliebe für diese Dinge drückte er aus, indem er
seine kleinen Handflächen um die runde Sache schloss und
die rechte Gesichtshälfte darauflegte, einschließlich seiner
Lippen und seiner Nase, während er mit dem linken Auge
zur Decke starrte. Dabei stieß er Laute aus, die klangen wie
der Anlasser eines Autos. Man verstand erst mit der Zeit,
dass er damit Freude ausdrückte. Firas' Gehör war beschädigt, doch Musik wirkte beruhigend auf ihn. Firas war nicht
taub, er reagierte einfach nicht entsprechend auf Geräusche
und Stimmen, eben nur auf Musik. Und seine besondere Beziehung zu mir gründete auf meinem runden Knie, das er
scheinbar lieber mochte als andere Knie.

Im selben Zimmer wie Firas schlief Nayla. Ihr Körper war
der einer Vierjährigen, aber ihr tatsächliches Alter war zwölf.

Sie war spindeldürr, und wenn sie mit dem Finger auf etwas deutete, ähnelte sie E. T., dem Außerirdischen aus dem Spielberg-Film, den ich ein oder zwei Jahre vor meiner Beschäftigung im Zentrum im Hamra-Kino in Beirut gesehen hatte. Nayla hatte nie das Kauen gelernt. Sie lutschte auf jedem Bissen, den ihr jemand in den Mund steckte, einfach so lange herum, bis er sich auflöste und sie ihn schlucken konnte. Oft schluckte sie ihn auch, bevor er gänzlich zerfallen war, sodass wir sie dann kopfüber drehen mussten, bis ihr der Brocken wieder aus dem Hals fiel. Der Direktor des Zentrums vertrat die Meinung, dass Nayla nie das Kauen lernen würde, solange wir ihr so viel Flüssiges gaben oder ihr das Essen zu Brei zerstampften. Könnte sie erst einmal kauen, würde ihr das helfen, auch an anderen Aufgaben zu wachsen. Solange sie ihre Zähne nicht benutzt, kann sie auch nicht von der Kindheit in die Pubertät wechseln, sagte er. Mir kam das eher wie ein poetischer Gedanke als wie ein wissenschaftliches Statement vor. Doch manchmal glaubte ich, dass er nicht Unrecht hatte, wenn er sich an Metaphern statt an Theorien hielt; es war mir ohnehin ein Rätsel, was in den Köpfen dieser Kinder vor sich ging. Aber wenn ich zusehen musste, wie Nayla sich abmühte, um etwas herunterzukriegen, verwarf ich den Ansatz, sie würde nur wachsen, wenn sie ihre Zähne benutzte, und zerkleinerte ihr von Zeit zu Zeit heimlich das Essen.

Nayla stammte aus einer wohlhabenden, doch zerbrochenen Familie. Ihre Eltern waren geschieden, beide beschuldigten einander, für den Zustand der Tochter verantwortlich zu sein. Der Mann warf seiner Frau vor, während der Schwangerschaft Beruhigungsmittel genommen zu haben, weshalb ihr Kind dann behindert zur Welt gekommen sei. Sie hingegen beschuldigte ihren Mann, dass er der Grund für ihren Pillenkonsum gewesen sei: Hätte er sich mehr um sie und ihre Gefühle gekümmert, hätte sie damals jene Pillen nicht gebraucht. Die Eltern besuchten Nayla zwar hin und wieder am Wochenende, und immer nur einzeln, nahmen sie aber nie nach Hause mit. Sie brachten ihr jedesmal Süßigkeiten, die Nayla nicht kauen konnte, sie dachten wohl, ihre Tochter könnte das Kauen mittlerweile gelernt haben. Letztlich rührte Nayla das Süßzeug nicht an und blieb mit zwei, drei anderen Kindern allein, die alle von ihren Eltern aufgegeben worden waren: Denn in ihren Augen gab es jetzt ja jemanden, der sich um ihre Kinder kümmerte. Die Familien zahlten lediglich die anfallenden Beiträge an das Zentrum.

Zwischen Naylas Schweigen und Firas vermeintlicher Taubheit war Maya die Lebhafteste im »Club der Kleinen«. Sie war zwei Jahre jünger als Nayla, aber ihre Körpergröße entsprach ihrem Alter. Zudem konnte Maya sprechen, wenn sie auch keinen Satz von mehr als drei Wörtern mit Subjekt, Verb und Objekt bilden konnte. Wenn man sie beispielsweise fragte: »Was machst du, Maya?«, antwortete sie: »Was machst du? Was machst du?« und wiederholte die Frage immer wieder. Dann blickte sie vielleicht in den Garten hinaus, hob den Kopf und sagte: »Himmel.« Gemeint war damit: »Ich male einen Himmel.« Außerdem war Maya ununterbrochen in Bewegung und kam nur zur Ruhe, wenn wir alle um den Tisch herumsaßen. War sie besonders aufgeregt, etwa am Freitag, wenn die Eltern kamen, um ihre Kinder übers Wochenende mitzunehmen, rannte sie herum wie ein Küken, das seine Mutter verloren hat, und die Angst, dass ihre Eltern sich verspäten könnten, stand ihr ins Gesicht geschrieben. Wenn ich zu ihr sagte: »Maya, dein Vater wartet draußen auf dich«, fragte sie zurück: »Wer?« – »Dein Vater«, sagte ich, aber vor lauter Freude weinte sie fast und fragte nur immer wieder: »Wer? Wer? Wer?«, während ich ihr versicherte, es sei ihr Vater. Ich konnte diesen Einbahnstraßendialog nur durchbrechen, indem ich sie fragte: »Wer ist da?« Dann antwortete sie: »Mein Vater!«, und schwupps, packte sie ihre kleine Tasche und rannte zur Tür, um ihren Papa zu treffen. Maya mit ihrem kleinen Kopf und ihrer zwitschernden Stimme war wirklich wie ein Vögelchen, und sie war das zufriedenste aller Kinder im Haus.

Zu den »Großen«, den Kindern über zwölf, gehörte Jihad. Jihad konnte Nachrichten aus dem Radio auswendig aufsagen, und das tat er stundenlang, wobei er, die beiden Ringfinger auf die Daumen gepresst, durchs Zentrum wandelte, den Kopf nach rechts und links drehte und ins Nichts starrte. Es hörte sich ungefähr so an: »Chedli Klibi, der Generalsekretär der Arabischen Liga, beendete heute Mittag seinen Besuch in Sauuuuudi-Arabien und flog weiter nach Beiruuuuut. In Riad war er mit Regierungsvertretern zusammengetroffen, allen voran König Khalid bin Abdulaziiiiiiiiiz, mit dem er eine Reihe von arabischen und internationalen Themen erörterte.« Seine Lieblingswörter waren solche, in denen lange Vokale vorkamen, die er mit Vorliebe ins Endlose dehnte. Das arabische »Qaf« sprach er zudem so kehlig aus, dass es sich anhörte, als würge er eine Kichererbse aus seinem Schlund hervor. Es fehlte nur noch, dass man sie auf den Boden ploppen hörte. Es waren die jeweils letzten Nachrichten, die er am Wochenende zu Hause bei den Eltern oder im Auto seines Vaters auf dem Weg zum Zentrum gehört hatte. Und die wiederholte er die ganze Woche über, bis er uns ab dem folgenden Montag wieder eine neue Sendung hören ließ.

Meine Arbeit im Zentrum war ebenso abwechslungsreich wie aufreibend. Als Kranke betrachtete ich die Kinder dort dennoch nicht. Ich fand sie sogar normaler als viele andere Menschen um mich herum, denn in ihren Reaktionen waren sie auf eine ursprüngliche und unverfälschte Art menschlich. Aber bei all ihrer Gutherzigkeit und ihrem unschuldigen Blick, der nicht den leisesten Verdacht zuließ, sie könnten böse Absichten haben, waren sie auch anstrengend. Die Kleinen und auch manche Größeren unter ihnen waren nicht in der Lage, die einfachsten Tätigkeiten zu verrichten, etwa sich zu waschen, sich anzukleiden oder selbstständig zu essen. Aber das Schlimmste waren die zuweilen auftretenden Anfälle. Wenn ich Firas zum Beispiel nach einer Weile von meinem Knie schob oder ihn drängte, seine Lippen vom Türknauf zu nehmen oder mit seinen schrulligen Geräuschen aufzuhören, die oft in Schreie ausarteten, protestierte er laut und heftig; manchmal rannte er dann los und donnerte mit dem Kopf gegen die Wand, sodass man sich fragen musste, ob denn dieser Junge gar keinen Schmerz empfinde. In solchen Momenten kamen wieder die Gefühle in mir hoch, die Mademoiselle Najwa früher bei mir ausgelöst hatte, insbesondere das der Panik; Firas litt nämlich nicht nur unter Autismus; meist folgten bei ihm auf solche Krisen auch epileptische Anfälle. Dabei verlor er das Bewusstsein, und ich rannte völlig aufgelöst zum Direktor, damit dieser alles Notwendige einleitete. Wir wussten zwar, dass die Anfälle allein für die Kinder nicht lebensbedrohlich waren, aber es bestand die Gefahr, dass Firas zum Beispiel seine

Zunge verschluckte und daran erstickte. Mein Gott, welche Angst und Sorge bereitete mir dieser Junge, wie viele Fragen löste er in mir aus! Und trotzdem mochte ich ihn am meisten von allen.

Marie-Rose und Aida

Im Marie-Rose-Boulus-Zentrum lernte ich Robert, einen Holländer, und seine libanesische Frau Noha kennen. Sie waren die Begründer dieser Einrichtung und hatten sich bei der Namensgebung für den Namen Marie-Rose Boulos entschieden – der Frau zu Ehren, die seinerzeit das erste Behindertenzentrum im Libanon in einem Dorf namens Beit Shabab ins Leben gerufen hatte, das meines Wissens nach noch immer in Betrieb ist. Robert und Noha hatten Anfang der siebziger Jahre mit ihr zusammengearbeitet. Ihnen zufolge hatte die aus Syrien stammende Marie-Rose Boulos als Erste eine seriöse therapeutische Pädagogik im Libanon eingeführt, wofür sie in europäischen Schulen nach Behandlungsmethoden bei geistigen Behinderungen Umschau gehalten hatte.

Marie-Rose kümmerte sich nicht nur um Behinderte, sie war zudem eine bekannte Persönlichkeit des öffentlichen Lebens. Sie pflegte enge Kontakte zu Yassir Arafat, und ihr Einsatz für die Bewohner der palästinensischen Flüchtlingslager stand dem für die Sonderpädagogik in nichts nach. Und trotz Warnungen ihrer Freunde, sich wegen ihrer Kontakte zu den Palästinensern lieber nicht in von Christen besetzte Gebiete zu begeben, beharrte sie darauf, ihr Zentrum in Beit Shabab weiterzuführen. Und so wurde sie im

Bürgerkrieg eines Tages, als sie gerade auf dem Weg ins Dorf war, von Phalangisten entführt. Es hieß, sie sei aufs Schrecklichste gefoltert worden, und ihr Leichnam wurde nie gefunden. Es hieß auch, man habe sie nach der Folter verbrannt. Jahre später las ich in Etel Adnans Roman *Sitt Marie-Rose* ausführlich über Marie-Rose' schreckliches Schicksal.

Als ich Robert, fünf Jahre nach seiner und Nohas Ausreise aus dem Libanon, eines Tages in Holland wieder traf, erzählte er mir, er sei einmal im Flugzeug einer Journalistin begegnet, die für »L'Orient-Le Jour« arbeitete. Sie habe ihm Einzelheiten von Marie-Rose' Entführung berichtet, die wiederum von einem Insider der Phalange-Partei stammen sollten; deren Anführer wussten also nicht nur von der Entführung und der Folterung, sondern hatten sie auch mitbetrieben. Heute frage ich mich, ob die Journalistin, die Robert da Ende der siebziger Jahre getroffen hat, nicht Etel Adnan selbst gewesen war.

Einige Jahre nach dem Mord an Marie-Rose, ich denke, es war 1983, wurde auch Aida entführt. Aida hatte mit uns im Zentrum gearbeitet und zuvor für Marie-Rose in Beit Shabab. Später fand man Aidas Leiche neben ihrem Auto in einem Berggebiet. Man konnte sie nur anhand ihrer Armbanduhr identifizieren. Aida war Drusin, aber niemand wusste, warum sie entführt, ermordet und verbrannt worden war. Vielleicht hatten die Christen mit dem Mord Rache an den Drusen nehmen wollen, und die arme Aida war mehr ein zufälliges Opfer. Aida war Ende dreißig, unverheiratet, hatte keinen Freund. Ihre Arbeit mit den Kindern im Zentrum war ihr ganzes Leben gewesen.

1982 – Die Invasion –
»Der Personalausweis«

1982 verbrachte ich die Sommerferien mit meiner Familie in Shemlan im Gebirge, wo mein Großvater in den siebziger Jahren ein Haus gekauft hatte; das Kinderzentrum war im Sommer ohnehin geschlossen.

Als die israelische Armee mit ihrem Einmarsch ins Libanongebirge begann, rief der »Captain«, einer der Honoratioren des Dorfs Shemlan und seines Zeichens Pilot, alle Bewohner dazu auf, sich im örtlichen Kloster zu verstecken, und schloss die Sommerurlauber dabei ausdrücklich ein. Er war der Meinung, dass die Israelis keine religiöse Stätte angreifen würden.

Also liefen wir von unserem Haus im höchsten Teil des Dorfes ins Zentrum hinunter und mischten uns dort unter die Bewohner Shemlans. Wir waren die einzigen Muslime; das Dorf war, mit Ausnahme einer drusischen Familie, nur von Christen bewohnt. Wir waren allerdings fast zwanzig Personen und bezogen deshalb eines der größeren Zimmer des Klosters, während in einem kleineren Raum neben uns Christen wohnten. Die einen rezitierten so leise wie möglich aus dem Koran, um ihre Nachbarn und Gastgeber nicht zu stören, während die Christen kaum hörbar beteten. Alle hatten Angst, aber diesmal nicht voreinander, sondern vor der israelischen Armee, die für die meisten von uns etwas Abstraktes war. Nie hätten wir erwartet, dieser Streitmacht eines Tages »in Fleisch und Blut« zu begegnen.

Am Abend des zweiten Tages der Gebirgsbesetzung rückten die Israelis, von Ainab kommend, in Shemlan ein. Der Captain informierte sie, dass alle Bewohner im Kloster seien und es im Dorf keine Bewaffneten gebe. Es sei also unnötig, den Konvent zu durchsuchen. Die Israelis scherten sich nicht um die Aussage des Bürgermeisters und schossen auf die Fenster des Klosters. Sofort warfen sich alle schreiend zu Boden. Verletzt wurde keiner, aber Panik erfasste uns, besonders die Kinder. Dann kamen sie. Plötzlich standen zwei Soldaten, das Gewehr im Anschlag, unter dem Klostertor und befahlen, dass alle sich am Klostereingang zu versammeln hatten. Ich zog meinen kleinen Bruder, der wenige Monate nach Ausbruch des Bürgerkriegs geboren worden war, zu mir und drückte ihn an meinen Bauch. Ich stand da und hielt ihn so fest an mich gepresst, als wären wir zu einem Körper verschmolzen. Wir waren nur einen Meter von einem israelischen Soldaten entfernt. Anfangs wagte ich nicht, ihn anzusehen – ich hatte Angst, den Menschen in ihm zu entdecken. Instinktiv hielt ich ihn für etwas Nicht-Menschliches, mit dem wir nichts gemein hatten. Als meine Neugier, ihn zu betrachten, dann doch obsiegte, sah ich ihn schwer atmen, während er sein Maschinengewehr auf Violette, eine alte Frau aus dem Dorf, richtete. Er war vielleicht gerade mal achtzehn, seine Gesichtszüge waren zart und standen in krassem Gegensatz zu seinem verkrampften Unterarm und seinen Händen, die das Gewehr umklammerten. Das verwirrte mich. »So ein hübscher Junge«, dachte ich. Wie bitte?! Ich fand meinen Feind hübsch? Zum ersten Mal in meinem Leben verstand ich die Bedeutung des Worts »Verrat«. Um mich von meiner Sünde reinzuwaschen, suchte ich in meinem Innersten nach Gefühlen des Hasses. »Ich gebe dir Hass, und du vergibst mir meinen Verrat«, dachte ich und wusste nicht, mit wem ich diese Übereinkunft traf, aber sie erleichterte mich irgendwie. Wenn ich diesen Soldaten hasste, dann wäre ich auch keine Verräterin. Die Frage war nur, woher ein Gefühl nehmen, das ich nicht kannte. Doch etwas in mir wollte offenbar dafür sorgen, dass ich Vergebung für meinen Verrat finden könnte. Innerhalb kürzester Zeit entdeckte ich in mir doch noch so etwas wie Hass. Freilich, es war ein neues Gefühl, und ich schwankte zwischen Hass auf den Soldaten und Identifizierung mit ihm: Er war in etwa so alt wie ich, vielleicht ein oder zwei Jahre älter. Ein Mix aus Emotionen überfiel mich, den ich nicht in den Griff bekam. Also entsann ich mich, was die Israelis dem Libanon und den Palästinensern alles angetan hatten und bemühte mich, mir diese hässlichen Bilder zu bewahren. Aber immer wenn ich dem jungen Mann ins Gesicht sah, trat die erste Empfindung an die Stelle der zweiten, und die zweite kämpfte gegen die dritte und so weiter. Ich merkte, wie ich wütend auf mich wurde, weil meine Empfindungen so unklar waren, besonders dann, wenn ich auf meinen Großvater blickte, der noch in einem der Zimmer des Klosters hockte. Er war nicht zornig, sondern einfach nur traurig, und sagte kein Wort.

Ich weiß nicht, was meinem Großvater damals durch den Kopf ging. Er war Politiker und einer der Ersten gewesen, die in ihrem Auto Waffen zu den Palästinensern geschmuggelt hatten, damit sie an der Grenze Anschläge gegen Israel verüben konnten. Dabei machte er sich seine Immunität als Abgeordneter zunutze. Er hatte uns immer beigebracht: Palästina ist ein Teil von uns – und das bedeutet, wir müssen Widerstand gegen Israel leisten, bis auch der letzte Fleck Palästinas befreit ist.

Als er die israelischen Soldaten sah, war seine Miene kummervoll. Er blickte jeden Einzelnen von uns an, als wollte er sich vergewissern, dass wir bis jetzt überlebt hatten. Er kommentierte die Besetzung tagelang nicht. Alles, was er tat, war, Nachrichten im Radio zu hören. Dann sahen wir ihn über Schriften gebeugt oder im Garten sitzen – mittlerweile hatten wir ja das Kloster verlassen und waren zurück in unserem Sommerhaus. Mit traurigen Augen blickte er auf das Meer am Horizont und lächelte den spielenden Enkeln um ihn herum zu, damit sie die Trübsal, die er im Herzen trug, nicht spürten.

Bevor wir ins Haus zurückgingen, hatten die Erwachsenen meinen Cousin gebeten, erst einmal auf den Hügel hinaufzugehen und das Gebäude in Augenschein zu nehmen, das heißt nachzusehen, ob es überhaupt noch existierte. Ich beschloss, ihn zu begleiten, denn ich war neugierig zu sehen, was mit dem Dorf geschehen war, während wir uns im Kloster versteckt gehalten hatten. Wir stiegen den Hügel hinauf, der zur Dorfstraße führte und von dort zur zweiten Anhöhe, auf der unser Haus stand – es war noch da. So weit unser Auge reichte, Kolonnen israelischer Panzer, vom Ortseingang bis zu dem Bergrücken, hinter dem das Nachbardorf Ainab lag. An die hundert Panzer reihten sich da vor uns auf, aber von Soldaten keine Spur, und so vermuteten wir, dass sie im Innern der Fahrzeuge waren.

Nicht weit von uns entfernt scharten sich einige junge Männer aus dem Dorf um etwas auf der Erde Liegendes. Als wir näher traten, erkannten wir die Leiche eines höchstens Zwanzigjährigen. Seine Haut war bläulich dunkel, sein aufgeblähter Körper verströmte Verwesungsgeruch. Zehn Meter weiter, auf der anderen Straßenseite, lag noch eine Leiche auf einem Sandhügel vor einem halbfertigen Haus.

Irgendwann sah ich einen israelischen Soldaten, der mit Männern aus dem Dorf redete. Wir erfuhren, dass es der Anführer des Bataillons war. Ich sprach die Männer an, die ich alle kannte; seit ich im Marie-Rose-Boulos-Zentrum gearbeitet hatte, war ich ja eine vom Dorf – anders als meine Familie und Verwandten, die nur als Sommerfrischler hier waren. Mich überraschte, wie entspannt die Dorfbewohner wirkten. Ich fragte sie, was sie mit den Toten machen wollten, und einer sagte:»Nichts, wir begraben sie an Ort und Stelle oder dort in der Grube«, und er deutete auf eine Stelle gegenüber dem Restaurant»Al-Sakhra« unterhalb der Dorfstraße. Ich widersprach und meinte, sie müssten doch wenigstens auf dem Dorffriedhof beigesetzt werden.»Wir werden doch unseren Friedhof nicht mit solchen Leuten beschmutzen«, erwiderte er.»Diese Leute haben dich verteidigt, als sie getötet wurden!«, erwiderte ich wütend, selbst überrascht von meiner Wut. Mein Anblick schien dem israelischen Offizier offenbar verdächtig, er fragte die Jungs auf Englisch, ob ich etwa eine Verwandte jener»Saboteure« sei. Dann kam George zu mir, der Sohn des Lebensmittelhändlers Estefan, und sagte:»Komm, ich zeig' dir was.« Er führte mich hinter das verlassene Haus von Iskandar, wo eine in drei Teile gerissene Leiche lag. Oberkörper und Beine Seite an Seite, aber wo war der Kopf?

Wie vom Blitz getroffen, begann ich fieberhaft nach dem Kopf des Soldaten zu suchen, als wollte ich die Leiche daran erinnern, dass sie irgendwo auch noch einen Kopf hatte. Und genauso fieberhaft wollte ich dem Kopf versichern, dass er nicht verloren war und der Körper, zu dem er gehörte, sich noch in der Nähe befand. Ich suchte im verbrannten Gras, hinter Felsbrocken, in der Hausruine ... Ich suchte und suchte, als müsste ich jemandem etwas beweisen. Ich wollte um jeden Preis den Kopf finden. Als ich etwa in zehn Meter Entfernung etwas Kopfähnliches sah, rief ich laut: »Hier ist sein Kopf! George, ich habe ihn gefunden!« Aber George war schon wieder zu seinen Freunden gelaufen. Der Kopf hatte kein Gesicht – offenbar war er von einem der im Dorf aufgereihten Panzer bis zur Unkenntlichkeit zerquetscht worden.

Ich verspürte keine Übelkeit, wie es in solchen Fällen in Filmen zu sehen ist. Stattdessen entwand sich mir eine Art Heulen, das meinen Cousin alarmierte. Er kam, versuchte mich zu beruhigen, und vor allem warnte er mich, weil mein Geschrei den israelischen Offizier misstrauisch machen könnte. Ich kam hinter dem Haus hervor, und der Truppenführer, ohne sich von der Stelle zu rühren, fragte mich auf Englisch, ob ich wisse, wer der Tote sei. Ich wollte nicht antworten und tat so, als würde ich ihn nicht verstehen. Ich sagte lediglich zu meinem Cousin, dass wir die Leichen hier nicht herumliegen lassen dürften, und schlug vor, die Israelis mithilfe der Dorfbewohner zu bitten, uns die Bestattung zu erlauben.

Die Ablehnung kam prompt, und der Israeli empfand unser Ansinnen als weiteres Indiz für seine Annahme, dass wir mit den Toten verwandt seien. Auch mein Cousin wollte nicht direkt mit dem Offizier sprechen; er bat die Dorfleute, ihm zu sagen, wer wir waren und dass wir hier keine Verwandten hatten. Wir wollten den Toten lediglich die Ausweise aus der Tasche nehmen, um ihre Familien zu informieren. Wir versprachen, dies über das Rote Kreuz zu tun. Aber das Englisch der jungen Leute reichte nicht aus, den Israelis unsere Bitte zu übermitteln, sodass mein Cousin sich nun doch in korrektem Englisch direkt an den Offizier wandte. Und der wollte nun *unsere* Ausweise sehen. Seit Ausbruch des Krieges führten wir unsere Papiere immer bei uns. Aber als ich in meine Gesäßtasche griff und meinen Ausweis herausholte, musste ich feststellen, dass das Passbild fehlte. Die Ecke, wo es befestigt war, war abgerissen. Ich erschrak, dachte an die Leiche ohne Kopf und fühlte mich wie sie. Ich reichte dem Offizier trotzdem den Ausweis, aber er sah kaum hin und hätte ohnehin kein Arabisch lesen können. Er hatte offenbar unsere Ausweise nur deshalb verlangt, um uns zu zeigen, wer hier das Sagen hatte. Für den Fall, dass wir das noch nicht begriffen hätten.

Mein Cousin nahm die Gleichgültigkeit des Offiziers als ein Zeichen, dass wir den toten Soldaten jetzt die Ausweise abnehmen durften. Aber als er an die Leiche herantrat, die vor dem israelischen Befehlshaber lag, versetzte der ihr einen Tritt: sie kam ins Rollen und fiel in die Grube. Mein Cousin stieg hinunter, und ich konnte von der Straße aus sehen, wie er den Ausweis aus den Taschen des Toten nahm. Als er wieder oben war, sagte er mit erstickter Stimme, den Blick zu Boden gerichtet, dass er es nicht fertigbringe, auch noch die Ausweise der zerstückelten Leiche und der auf dem Sandhaufen an sich zu nehmen.
Wir verließen die Ansammlung und gingen den Berg hinauf zu unserem Haus.

Das Haus hatte keinen Kratzer abbekommen. Doch überall roch es nach Tod. Mein Cousin meinte, das müsse aus der Küche kommen; er ging hinein und nahm das Fleisch aus dem Kühlschrank, das wegen des über eine Woche dauernden Stromausfalls verdorben war.

Auf dem Rückweg hatten wir gesehen, dass die Panzer mittlerweile bis nach Suq al-Gharb vorgerückt waren, während die Hauptstraße fast frei war. Aus Richtung Ainab kam uns plötzlich ein Auto des Roten Kreuzes entgegen, und wir winkten dem Fahrer lebhaft zu, damit er anhielt. Wir reichten Insassen des Wagens den Ausweis des syrischen Soldaten in der Hoffnung, dass sie ihn seiner Familie übergeben und ihr mitteilen könnten, dass er am achten oder neunten Juni 1982 in Shemlan gefallen und dort begraben sei. Der Beifahrer sah sich den Ausweis an, ohne ihn in die Hand zu nehmen, und beschied uns mit den Worten, das sei nicht ihre Aufgabe. Als wir ihn fragten, was wir denn nun mit dem Ausweis anfangen und wie die Angehörigen des Getöteten von seinem Schicksal erfahren sollten, meinte er, das wisse er auch nicht. Außerdem hätten sie es eilig.
Ich weiß nicht mehr, was wir mit dem Ausweis des toten Soldaten gemacht haben; vielleicht hat mein Cousin ihn noch immer. Wenige Monate nach dem israelischen Einmarsch ist er nach England ausgewandert.
Etwa zur selben Zeit tat ich es ihm gleich.

⌘

Mein erstes Ziel war die Schweiz, danach studierte ich in mehreren europäischen Städten. Ich habe über die Hälfte meines Lebens in Europa verbracht und viele andere Länder der Welt besucht. Aber in keinem dieser Länder habe ich solche Häuser gesehen, wie ich sie als Kind malte. Weder in Dörfern noch in Städten, noch in Zeichentrickfilmen oder in Kinderzeichnungen oder Kinderbüchern.

Aber als ich zwanzig Jahre später nach Beirut zurückging, sah ich, dass mein damals vierjähriger Neffe, Sohn meines Bruders, die Häuser in seinem Zeichenheft genauso malte wie ich früher. Auch bei ihm flogen Vögel am Himmel, stand ein Brunnen rechts vom Haus. Zudem erklärte mir mein Neffe, dass das Gekritzel links das Laub sei. So malte er, obgleich seine Lehrerin nicht Najwa hieß und seine Schule nicht in Ashrafiye lag, genau wie ich als Kind. Der einzige Unterschied zu meinen Zeichnungen war der, dass der Schornstein auf dem Ziegeldach fehlte und stattdessen eine gelbe Fahne mit einer willkürlichen grünen Beschriftung aus dem Dach ragte. Als ich ihn fragte, was die Buchstaben zu bedeuten hatten, zeigte er mit dem Finger auf die Flagge und rief lispelnd und voller Empörung über mein Unwissen: »*Hithbollah* steht da drauf, Tante!«

Dann stand er von seinem Stuhl auf, marschierte zu einem kleinen Tisch in der Ecke, griff sich ein in seiner Vorstellung dort stehendes Maschinengewehr und machte: »Taktaktaktaktak, Wischtaaaand!«

Als ich ihn fragte, was Wischtand (er meinte »Widerstand«) bedeutete, entgegnete er voller Hingabe: »Ithrael! Taktaktaktaktak«, und zielte aufs Fenster.

Liebe Mademoiselle Najwa,

heute, dreißig Jahre nach unserer letzten Begegnung, schreibe ich Ihnen. Sie müssen jetzt in Ihrem siebten Lebensjahrzehnt sein, sofern Sie überhaupt noch unter den Lebenden weilen, was ich wohl hoffe. Ich wollte Ihnen mitteilen, was aus Ihren Briefen geworden ist, die mein Vater nie zu Gesicht bekommen hat. Wie all meine Schulsachen und wie unser ganzes Haus sind sie den Flammen zum Opfer gefallen, als die Stadt brannte. Bis dahin hatte ich Ihre sieben Briefe aufbewahrt. Es tut mir leid, dass ich sie meinem Vater nun nicht mehr geben kann.

Er ist übrigens noch immer ein attraktiver Mann, obwohl er auf die siebzig zugeht. Noch immer schauen die Frauen ihn gerne an, und er genießt es, ihnen zu gefallen, selbst den weniger Schönen unter ihnen. Aber in anderer Hinsicht hat er sich sehr verändert, und meine Mutter, ja meine ganze Familie ebenso. Ich kann Ihnen das nur mit knappen Worten erklären, denn Sie wissen ja, dass es bei uns tabu ist, offen über familiäre Besonderheiten zu sprechen. Verzeihen Sie daher, wenn Ihnen das, was ich nun schreibe, bruchstückhaft erscheint.

Mein Vater geht nicht mehr oft aus dem Haus. Er verbringt die meiste Zeit mit Beten und Fernsehen. Statt ausgelassener Feste, die es früher bei uns zu Hause gab und auf denen er bis in die Morgenstunden tanzte, hält er jetzt jeden Donnerstagabend Gebetssitzungen ab, weil er meint, dass die Nacht zum Freitag gesegnet sei, der Himmel in ihr seine Pforten öffne und die Engel so zu den Gläubigen kämen. Er hat sich das Rauchen abgewöhnt (was nicht schlecht ist), aber auch alles andere, was ihn von seinem Schöpfer ablenkt. Freitags geht er in die Moschee und kommt danach erschöpft vom Verkehrsstau und Gedränge nach Hause. Aber er beschwert sich nicht. Mein früher oft so zorniger Vater ist jetzt sehr friedfertig. Nachts liest er im Koran und fastet zu Ramadan, auch wenn sein Blutdruck und sein Cholesterinspiegel dafür eigentlich zu hoch sind, und der Arzt ihn immer eindringlich bittet, regelmäßig seine Medikamente zu nehmen.

Neulich sagte er zu mir, es sei eine verrückte Idee gewesen, uns Kinder auf eine »Christenschule« zu schicken. Er bereue es, uns, als wir klein waren, keine Unterweisung in »unserem« Glauben gegeben zu haben, um uns gegen alles »Fremde« immun zu machen. Er bereue auch, sein Einverständnis gegeben zu haben, dass ich, noch so jung, schon nach Europa reisen durfte, auch wenn damals jeder im Libanon seine Kinder dort vor dem Krieg in Sicherheit zu bringen versuchte oder sie studieren ließ. Überdies hätte er mich an den erstbesten Bewerber im Libanon verheiratet, dann hätte ich keinen »ungläubigen Deutschen« ehelichen können, meinte er — eine Ehe, die schon nach wenigen Monaten wieder geschieden wurde. »Die dort glauben doch an gar nichts«, sagte auch meine Tante immer, die selbstverständlich davon ausging, dass mein Mann derjenige war, der die Scheidung eingereicht hatte.

Mein Vater, der immer auf Eleganz bedacht war und die neueste europäische Mode trug, kleidet sich heute lieber türkisch, um, wie er sagt, bei den »Glaubensbrüdern« einzukaufen. Die einzige Ausnahme macht er bei seinem Parfüm »Giorgio«, das er sich eigens aus den USA kommen lässt, seit es für die Marke in Beirut keinen Vertrieb mehr gibt. Zur Erleichterung meiner Mutter hat er es noch nicht durch den widerlich riechenden Moschus und Amber ersetzt, den die Pilger aus Mekka immer mitbringen.

Was hat er sich doch verändert, mein Vater! Seit den achtziger Jahren geht er nicht mehr ins Kino. Und seit dieser Zeit trägt meine Mutter das Kopftuch. Sie, die wollte, dass wir gebildet, unabhängig und einigermaßen »modern« geraten, kritisiert uns heute für die areligiöse Art und Weise, wie wir unsere Kinder erziehen. Aber nicht nur sie hat sich verändert. Viele Frauen in unserer Verwandtschaft tragen jetzt das Kopftuch, auch manche aus meiner Generation. Kawthar, einst eines der schönsten Mädchen unserer Familie, trägt heute einen schwarzen Schleier, der ihrem Gesicht jede Ausstrahlung nimmt und es wie eine Theatermaske wirken lässt. Ihr schlanker Körper, den wir immer voller Neid betrachteten und aufregend fanden, ist in einem schwarzen Umhang von der Sorte verschwunden, die ich für ausgestorben hielt. Ich verstehe nicht, was diese schöne Frau dazu gebracht hat, sich vor der Welt zu verhüllen. Wie kann es sein, frage ich mich oft, dass sie ihre Reize nur ihrem Spiegel und Gott vorbehält? Aber nach und nach haben sich alle meine weiblichen Verwandten in Tyros verschleiert. Und wenn ich heute in alten Fotoalben blättere, entdecke ich dort manche von ihnen, wie sie in den sechziger und siebziger Jahren noch Miniröcke getragen haben.

Heute verpacken sie ihren Kopf, ihren Körper, selbst ihr Vokabular. Sie sprechen auf eine Art, aus der hervorgeht, dass sie sich anderen Glaubensgruppen überlegen fühlen. Sie glauben, dass ihre Religion eine bessere ist. Schon erstaunlich, wie aus der Vergangenheit plötzlich Zukunft wird und aus der Gegenwart Vergangenheit. Auch meine Großmutter hat in ihrer Jugend einen schwarzen Umhang getragen, aber sie begnügte sich mit einem dünnen Schleier und gab nichts darauf, wenn ein fremder Mann mal ihrer Haare ansichtig wurde. Und vor allem hat sie ihr Leben lang nie davon gesprochen, dass ihre Konfession anderen überlegen wäre.

Selbst der Geschmack meiner Familie ist heute ein anderer. Das zeigt sich nicht nur in der Kleidung und in der Sprache, sondern auch darin, wie die Wohnungen geschmückt sind. Überall hängen jetzt Bilder von Geistlichen, mit denen wir nicht einmal verwandt sind, und Drucke von Koranversen oder das Wort »Allah« in billigen Goldlettern, nur weil es ihnen einmal jemand geschenkt hat und es wegzuwerfen für ihre Begriffe eine Sünde wäre. Tischchen werden mit Gebetsketten in allen Farben und mit alten Schwertern geschmückt, auf denen der Name eines Imams prangt, und in allen Ecken des Wohnzimmers haben sie Sachen aus Elfenbein aufgestellt, weil es alle Schiiten im Südlibanon so halten – etwas, das meine Familie nicht einmal getan hat, als sie aus Afrika zurückgekommen war. Ich bin zwar mit sechzehn von zu Hause ausgezogen, aber ich habe mich damals nie fremd gefühlt, wenn ich meine Eltern besuchte. Heute sieht es bei ihnen so aus wie bei vielen anderen Libanesen ihrer Konfession – aber nicht mehr so wie in dem Haus, in dem ich einmal gelebt habe.

Aber zurück zu meinem Vater, wegen dem ich Ihnen ja schreibe. Vielleicht wäre es nett, wenn Sie beide nach all den Kriegen und Versöhnungen, die Sie miterlebt haben, sich noch einmal begegnen würden. Dann könnten Sie, jetzt in Ihren Siebzigern, ihm sagen, dass Sie einmal unglücklich in ihn verliebt waren. Und er könnte sich mit Ihnen an die schönen Tage erinnern, als wir alle »Brüder« waren und in Frieden miteinander lebten, bevor die »bösen Fremden« uns auseinanderbrachten, wie die Leute behaupten. Vielleicht würden Sie auch über Politik sprechen und wären gar einer Meinung, wer weiß? Aber wo sollte ich Sie zusammenbringen? Das *Arlequin* gibt es nicht mehr, wie so vieles, was Sie eines Tages hätte vereinen können. Oder wären Sie bereit, meinem Vater zuliebe einmal ins *Saha*-Café zu kommen? Kennen Sie das? Es ist gar nicht weit entfernt von Ihrer Wohngegend, und seit einiger Zeit gehen auch Leute Ihrer Konfession dorthin.

Ich würde mich freuen, von Ihnen zu hören, und verbleibe mit den besten Wünschen,
Ihre

Ch. Ch., Berlin 2005

ZWEITER TEIL

Wäre ich ein Junge gewesen

Wäre ich ein Junge gewesen, hätte ich meine Unterhose herunterlassen und im Stehen pinkeln können; es wäre mir egal gewesen, ob man meinen Hintern gesehen oder der Gestank meiner Pisse irgendjemanden gestört hätte.

Wäre ich ein Junge gewesen, hätte ich meiner Mutter nicht sagen müssen, wohin, mit wem und bis wann ich ausgehen will. Und sie hätte mir nicht sagen können, was ich zu tun und zu lassen habe. Ich hätte immer nur Hosen getragen, Fußball mit den schmutzigen Nachbarjungen gespielt und mir wäre es einerlei gewesen, ob mein Vater oder mein Onkel mich dabei erwischt hätten. Ich wäre im Meer schwimmen gegangen oder durch die Gegend gezogen und hätte die armen Mädchen laut lachend mit Steinen beworfen, ohne zu verstehen, was es zu lachen gab. Ich hätte sogar mit den palästinensischen Flüchtlingskindern Krieg gespielt! Wäre ich ein Junge gewesen, hätte mein Vater mir mit sieben das Autofahren beigebracht, und es wäre ihm gleich gewesen, wenn ich Angst davor gehabt hätte. Er hätte mir gesagt, dass Männer, auch wenn sie erst sieben sind, einfach keine Angst haben dürfen. Und ich hätte ihm geglaubt und den Furchtlosen gemimt. Schließlich haben Männer immer recht.

Wäre ich ein Junge gewesen, hätte meine Mutter mich vielleicht mehr geliebt, und meine Oma hätte für mich das größere Stück Kuchen aufbewahrt, und mein Vater hätte ein wenig stolz auf mich sein können. Ich hätte bestimmt laut Nein geschrien, wenn die Freundinnen meiner Oma auf mich losgegangen wären, um mir feuchte Küsse auf die Wangen zu drücken. Wahrscheinlich hätte ich als Junge keine so vollen Wangen gehabt, die die alten Frauen so verlockend fanden; außerdem hätte ich die Haare nicht lang tragen müssen und wäre das tägliche grauenvolle Ritual des Kämmens losgewesen. Vor allem hätte ich nicht die Qualen des Entlausens erleiden müssen. Stundenlang musste ich wegen der Läuse, die ich von der Schule mit nach Hause brachte, auf dem Schoss meiner Mutter hocken, während sie Laus für Laus auf meinem Kopf zerquetschte und mir dabei so wehtat, als wäre sie darauf aus, mir die Haut vom Kopf zu reißen.

Als Junge hätte ich nackt herumlaufen können und dabei voller Stolz auf meine »Taube«[1] gedeutet und beobachtet, wie die Augen meines Vaters ebenfalls voller Stolz leuchteten und meine Oma schüchtern schmunzelte, *weil sie doch gar nichts gesehen hatte*. Ich hätte meinen nackten Körper dem lauen Wind hingegeben, wäre mit offenen Armen durch die Gegend gesaust, im Glauben, dass mir so Flügel wachsen. Ich hätte keine monatliche Blutung und folglich keine Unterleibsschmerzen gehabt und nicht eine ganze Woche lang üblen Geruch um mich verbreitet. Meine Oma hätte mir erlaubt, bei ihr zu sitzen, während sie betete, und sie hätte mich unter ihrem Gebetskleid verstecken können, weil ich als Junge immer rein gewesen wäre[2]. Ich hätte auf ihrem Ge-

---

1 Das Kinderwort für Penis
2 Frauen, die ihre Menstruation haben, gelten in der islamischen Tradition als unrein.

betsteppich gespielt und sogar mit dem Gebetsstein[3] jonglieren dürfen.

Wäre ich ein Junge gewesen, hätte ich kein Kopftuch tragen müssen, wenn ein Geistlicher zu uns zu Besuch kam, oder gar ganz von der Bildfläche verschwinden müssen, wenn er aus dem Irak oder aus Iran angereist war, denn die waren noch strenger als die libanesischen Geistlichen. Ich wäre mit den Männern zusammengesessen, auch wenn ich noch Bettnässer gewesen wäre. Hauptsache, man hat eine Taube und kein Nest[4] zwischen den Beinen ...

Wäre ich ein Junge gewesen, hätte ich sogar auf die Schule verzichten dürfen. Ich wäre stattdessen mit meinem Vater nach Afrika und sonstwohin durch die Welt gereist. Ich wäre aufgebrochen, hätte in der Öffentlichkeit geraucht, Whiskey getrunken, wäre mit Mädchen ausgegangen und gelobt worden, je mehr Frauen ich ins Bett gekriegt hätte. Ich wäre mit unseren Nachbarn, den Kommunisten, losgezogen, eine Kalaschnikow um die Schulter gehängt, und hätte die Besatzer aus dem Heiligen Land vertrieben. Vielleicht wäre ich als Märtyrer gestorben, und mein Portrait prangte dann vom Süden bis in den Norden längs der Straßen; dass man mit den überschüssigen Postern die Fensterscheiben geputzt hätte, wäre zu verschmerzen gewesen. Oder ich wäre Anführer einer Partei geworden, ja vielleicht gar der Kommandant der Libanesischen Patriotischen Bewegung oder der Chef der

---

3 Gemäß dem schiitischen Glauben muss man bei der Niederwerfung im Ritualgebet seine Stirn auf reine Erde legen. Man verwendet hierfür meistens einen Gebetsstein, der aus gepresster Erde aus Karbala, der Stadt, in der Imam Hussein umgekommen ist, hergestellt wird.
4 Kinder wie Frauen verwenden das Wort »Nest« für die Vagina.

PLO-Fraktion Südlibanon. Dann hätte ich eine Revolutionärin geheiratet, bestimmt keine Schiitin oder Muslimin, nein, sondern eine, die nichts mit alledem, was ich bisher kannte, zu tun hatte; andernfalls hätte ich mich gelangweilt, und es wäre mir beinahe inzestuös vorgekommen. Ja, am liebsten eine Ausländerin, die unsere Sprache versteht, denn keineswegs hätte ich eine haben wollen, der ich ständig alles, was erzählt wird, übersetzen muss. Nein, das wäre anstrengend gewesen und Grund genug, mich scheiden zu lassen.

Doch, wenn ich es mir recht überlege: Wäre ich ein Junge gewesen, dann bestimmt ein schwuler. So wäre es am einfachsten gewesen. Dann hätte ich auch nicht heiraten müssen, meiner Familie keinen Partner vorstellen und mir nicht die zigtausend Meinungen meiner siebzehn Onkel und Tanten und der vierundfünfzig Cousins und Cousinen und der hundert weiteren engen Verwandten, Nachbarn, Bekannten, Freunden der Eltern anhören müssen. Ich hätte dann auch keinen Schmuck kaufen und kein Hochzeitskleid bei der teuren Madame Clémence nähen lassen und überhaupt keine Hochzeit ausrichten und nicht tausend Leute einladen müssen, damit sich ja kein Familienmitglied übergangen fühlt und beleidigt ist. Überdies hätte ich keine Kinder bekommen müssen, die schreien, wenn sie Hunger oder in die Hose gemacht haben, die ständig krank werden, die bei ihren ersten Gehversuchen hinfallen, und ich würde dann fast sterben vor Angst, es könnte ihnen etwas Schlimmes passiert sein.

Ich hätte ihm nicht ständig versichern müssen, dass ich ihn liebe, weil er es mir schon beim ersten Mal geglaubt hätte. Wir hätten einfach nicht mehr darüber gesprochen. Ich hätte ihm keine Treue schwören müssen, denn unter Schwulen muss man bekanntlich nicht treu sein, zumindest nicht in Sachen Sex. Ich hätte mich jeden Tag rasiert und anschließend TABAC Aftershave auf meine Wangen geklatscht, so wie mein Vater es immer tat, während ich ihn dabei beobachtete und ihn mit trockenen Händen nachahmte. Vielleicht hätte ich mir einen Schnurrbart wachsen lassen (es waren ja die Siebziger), eine Wrangler-Jeans und hohe Adidas-Schuhe getragen und wäre wie Freddie Mercury in den Schwulenkreisen herumspaziert – stolz, weil ich ein Ur-Ur-Ur-Urenkel des Propheten und trotzdem bekennender Schwuler bin.

Zur Enttäuschung aller bin ich als zweites von insgesamt drei Mädchen, die hintereinander gekommen sind, geboren. Die Geburt des ersten Mädchens hat man noch widerwillig gefeiert, immerhin war es das erste Kind, und es war ruhig, schön, gesund und brav – ein Bilderbuchkind eben. Das zweite Mädchen, also ich, wurde weder gefeiert noch beweint. Ich wurde stillschweigend als Gottes Wille hingenommen. Kaum war ich aus dem Mutterbauch heraus, gingen die Frauen ihren alltäglichen Aufgaben im Haus nach, als hätten sie meiner Mutter gerade eben mal beim Kochen ausgeholfen. Aber bei der Geburt des dritten Mädchens, meiner kleinen Schwester, sah die Geburt aus wie eine Trauerfeier: Die Frauen versammelten sich im Wohnzimmer, manche weinten, andere dachten leise, dass meine Mutter zu nichts tauge, und einige verweigerten den gratulierenden Besuchern sogar den »Meghle«[5]. Eine klare Erinnerung daran habe ich natürlich nicht, zählte ich doch erst zweieinhalb Jahre, als sie geboren wurde. Aber später haben sie es uns so erzählt, als ob es sich um einen Ausflug oder einen unbedeutenden Vorfall handelte. Meine arme kleine Schwester! Jahrelang bis ins Erwachsenenalter hatte sie mit verschiedenen Phobien

5   Libanesische Reissüßspeise, die bei der Geburt eines Kindes an Familie, Nachbarn und Freunde verteilt wird.

zu kämpfen; man wunderte sich immer wieder, aus welchem Grund ein so gesundes, schönes, vernünftiges Kind so verängstigt war. Heute ist meine kleine Schwester eine Kinderbuchautorin und versucht, sich auf diese Weise zu heilen. Meine ältere Schwester ist Kinderärztin geworden, nicht so sehr, weil sie unbedingt Kinder behandeln wollte, sondern vielmehr um deren Eltern bei Gelegenheit zu erklären, dass auch Mädchen Menschen sind.

Und ich? Nun, anstatt mich mit den Kommunisten auf und davon zu machen oder nach Afrika zu ziehen, bin ich in die Schweiz geflüchtet. Nicht vor dem Krieg oder der Besatzung bin ich geflohen, sondern vor allem anderen: vor der Familie, dem Studium, dem Frau-Sein-Müssen, dem Heiraten, dem Kinderkriegen, dem Mutter-, Großmutter-, Urgroßmutter-, Krankwerden, dem Sterben.

Die Schweiz, der Schnee, Linda und ich

In einer Nacht im Februar 1983 landete ich in Savigny, einem Dorf in der Nähe von Lausanne. Alles war weiß. Die Bäume, die Gebäude, die Wohnhäuser, die Autos ... selbst die Dunkelheit schien weiß zu sein. Die Schneeflocken rieselten und riefen ein Gefühl von Frieden und Ruhe hervor, das der Pause in einer Melodie ähnelte.

An diesem Ort war mir, als tollten weiße Engel auf den Dächern herum, schwebten in geschlossenen Geschäften, zwischen den Bäumen und um die Ampeln, an denen wir anhielten. Die weiße Luft drang in die engen Lungen, öffnete sie und enthob mich der Last der vergangenen neunzehn Jahre.

In der Schweiz habe ich zum ersten Mal den Faktor Zeit als etwas erfahren, das eine Bedeutung hat, wenn man denn sein Leben organisieren will. Bei uns zu Hause, im Libanon, war die Zeit etwas Dehnbares, eher Undefiniertes. Termine wurden nach dem Licht des Tages, nicht nach Uhrzeit festgelegt. Man besuchte sich also morgens, zum Mittag, nachmittags, am frühen Abend, abends oder nachts. Vielleicht war es für die Erwachsenen anders, aber für mich als Schulmädchen war die Zeit noch etwas sehr Vages.

In der Schweiz lernte ich auch, rote Ampeln zu beachten, sogar mitten in der Nacht, wenn weit und breit keine Menschenseele unterwegs war. Für mich war es merkwürdig, dass ein vernunftbegabter erwachsener Mensch sich von einer Ampel sagen lässt, wann er sich in Bewegung zu setzen, wann er stehenzubleiben hat. Meine Schweizer Freunde fanden es komisch, dass ich das komisch fand, und so haben wir uns in ständigem Staunen übereinander ausgetauscht.

Die ersten drei Monate habe ich kein einziges Mal das Institutsgebäude verlassen. Ich hatte Angst davor, rauszugehen. Nicht etwa wegen der »fremden« Menschen, sondern wegen des Schnees. Bei seinem Anblick versteinerte ich am ganzen Leib. Im Libanon schneite es natürlich auch, aber nur in der Weite der Berge, und außerdem war es nicht so eisig wie hier. Es war derart kalt, dass ich mich fragte, wie Menschen bei solchen Temperaturen überhaupt überleben, ja sogar glücklich sein können. Mir war das ein Rätsel.

Das Schneeweiße ringsum brachte mich dazu, stundenlang in die Luft zu starren und mir dabei *anthropologische* Fragen zu stellen, wie zum Beispiel, ob der Schnee einen Einfluss auf das menschliche Temperament hat. An besagtem Nachmittag hatte ich nämlich wahrgenommen, wie sehr die Schweizer mit ihrer Ruhe und ihrem Drang zur Sauberkeit doch ihrem verschneiten Land ähnelten.

Auch ihr Akzent, ihre Kadenz hatte etwas von fallendem Schnee: Sie sprachen gemächlich, dehnten die Laute so lange, dass sich womöglich, während sie dir mal *rasch* etwas sagten, bereits ein ganzer Zentimeter Schnee auf deine Fensterbank gelegt hatte. In einem meiner *anthropologischen* Betrachtungsmomente sagte ich mir auch, dass ihr Akzent eher dem Bild weidender Kühe ähnle, besonders wenn man jemanden sagen hört: *ço vooo po* (ist Französisch: ça va pas), also das »A« fast wie ein »O« ausgesprochen, endlos gedehnt, als würde die Person von einer hohen Bergspitze aus einer anderen unten im Tal zurufen, während die in Wirklichkeit vor ihr steht.

Und in der Schweiz, da habe ich Linda kennengelernt. Die erste Israelin in Zivil, die ich bis dahin gesehen hatte. Ihr zu begegnen hat mich ziemlich durcheinandergebracht. Nie im Leben hatte ich mir vorstellen können, dass eine solche Begegnung jemals möglich wäre. Ich wusste, dass diese Institution – in der ich mithilfe eines deutschen Freundes, den ich im Libanon kennengelernt hatte, einen Studienplatz für eine heilpädagogische Ausbildung bekommen hatte – von Menschen vieler Nationalitäten frequentiert wurde; vor allem von Deutschen und Franzosen, aber auch von Spaniern, Engländern, Portugiesen, Peruanern, Algeriern und anderen. Aber von Israelis, das war für mich bis dahin unvorstellbar.

Als Linda erfuhr, dass ich Libanesin bin, suchte sie meine Nähe und begrüßte mich jeden Morgen mit einem Lächeln. Ein Lächeln, das ich nie erwidert habe. Trotzdem schenkte sie mir weiterhin jeden Morgen einen lächelnden Gruß. Es war mir peinlich, ihr Lächeln nicht zu erwidern, aber mein *Kampfgeist*, gestärkt noch durch die Lieder von Marcel Khalifa, behielt einfach die Oberhand über meine Verlegenheit. So ging es weiter, bis eines Tages eine Veranstaltung auf dem Programm stand, bei der die Studenten und Mitarbeiter des Instituts aufgefordert waren, das Nationalgericht ihres Landes zuzubereiten.

Dann kam der Tag. Linda betrat den Festsaal mit einer riesengroßen Schüssel, die allein hätte uns alle sattmachen können. Schon als ich den Inhalt der Schüssel roch, bekam ich Magenkrämpfe: Sie hatte Tabboulé zubereitet, *unser* Nationalgericht, was eigentlich ich hätte beisteuern sollen und nicht sie! Doch wegen meiner Unkenntnis in Sachen Kochen und Küche hatte ich fertiges Hummus in Dosen gekauft und auf den Rat meiner französisch-algerischen Freundin Sylvie hin Knoblauch und Tahin hinzugefügt, um den Geschmack zu verfeinern.

Linda kam also mit einem Teller voll Tabboulé auf mich zu und reichte ihn mir mit dem bekannt freundlichen Grinsen. Eigentlich mag ich weder Tabboulé noch Fairouz oder Wadih el Safi.[6] Aber der Geruch des Tabboulé löste in mir eine Welle von Nostalgie aus, die mächtiger war als mein Kampfgeist. Schließlich nahm ich den Teller dankend an; und bald fragte Linda, ob ihr Tabboulé so gut sei wie das unsere. Höflich sagte ich, dass es anders schmecke, und konnte mein Unbehagen nicht verbergen. Also fragte ich sie, weshalb sie denn nicht ein Nationalgericht, ich meinte ein *israelisches* Gericht, zubereitet hätte. Staunend erwiderte sie mit einem Lächeln, voller Unschuld und Gemeinheit zugleich, dass Tabboulé das doch sei! Mich hat ihre Antwort wütend gemacht, aber ich habe mich zurückgehalten und gesagt, dass ich eigentlich Tabboulé gar nicht mag.

Dominique, unsere gemeinsame Schweizer Freundin, bei der ich mich über die Unverschämtheit von Linda beschwerte, versuchte, die Rolle der Vermittlerin zu spielen, und drängte uns zur Versöhnung. Mal wieder typisch, dachte ich, hier kommt die neutrale Schweiz und will Rotes Kreuz spielen.

---

6   Fairouz — eine der populärsten Sängerinnen des Libanon. Wadih el Safi — ein ebenfalls populärer libanesischer Sänger.

Ich verweigerte mich mit der Begründung, dass ich mit Israelis keine Freundschaften schließe. Ich mochte die Schweizer um vieler ihrer Eigenschaften wegen, zwei Dinge jedoch waren mir unverständlich: ihre Neutralität und ihr Französisch, dessen Akzent sich so stark von dem in Beirut unterschied.

Mit der Zeit merkte ich, dass Lindas Anblick mich trotz allem erfreute. Sie litt anscheinend genauso wie ich unter der Kälte, was ich an ihrer dicken Bekleidung erkennen konnte. Neben mir war sie die einzige unter den Studenten, die sich für Politik interessierte und regelmäßig die Nachrichten verfolgte, in dem einzigen Raum mit einem Fernseher.

Eines Tages saßen wir gemeinsam im Fernsehraum, als Nachrichten aus dem Libanon kamen. Wir haben es vermieden, uns anzuschauen, als hätten wir Angst, in Streit zu geraten. Dann sagte sie: *Weißt du, ich bin gegen diesen Krieg gewesen ... 1982[7] waren meine beiden Brüder in der Armee, sie mussten in den Libanon ziehen und hätten beide fast ihr Leben verloren. Ich hasse den Krieg und wünschte, wir könnten gemeinsam im Frieden leben.*

Ich sah sie an und dachte, hier spricht Mutter Teresa. Ich fragte sie, ob ihre Brüder den Libanon denn schön gefunden hätten. Darauf antwortete sie nicht und erzählte stattdessen, dass sie ursprünglich aus Marokko komme und ihre Eltern Anfang der sechziger Jahre, als sie zwölf war, nach Israel ausgewandert seien. Dann sagte sie: Ich will nicht,

---

7   1982 ist Israel in den Libanon einmarschiert mit dem Ziel, die PLO aus dem Libanon zu vertreiben. Israel hat dabei große Teile des Landes »aus Versehen« zerstört.

dass meine Kinder in einem Land groß werden, wo sie möglicherweise schon mit achtzehn sterben müssen. Deswegen will ich in der Schweiz bleiben und träume von dem Tag, da wir, Juden und Araber, Seite an Seite leben, so wie es die Europäer nach so vielen Kriegen geschafft haben. Die Deutschen haben sechs Millionen Juden vernichtet. Ich bin mit einem Deutschen verheiratet, meine Kinder sind halb deutsch. Wir müssen verzeihen können, wenn wir leben wollen.

Bis dahin hatte ich nichts vom Holocaust gewusst und war entsetzt über das Grauen, von dem sie mir erzählte. Umso mehr schockierte mich die Tatsache, dass die Israelis die Palästinenser aus ihrem Land vertrieben, wo sie doch selbst Vertreibung und Vernichtung erfahren hatten. Linda lief rot an, als ich sie danach fragte, und sie erwiderte, dass sie gegen die Besatzung sei und auch deshalb nicht nach Israel zurückkehren wolle. Ihre Antwort hat mich erleichtert, und ich begann, sie zu mögen. Ich wollte einen Grund haben, um Freundschaft mit ihr zu schließen, vor allem, weil sie die Einzige war, mit der ich mich über das, was in unserer Region geschah, austauschen konnte.

So wurden wir unzertrennlich. Unsere Freunde nannten uns scherzhaft »Menachem Begin« und »Anwar Sadat«. Ich ähnelte Sadat bestimmt nicht, Linda dagegen sah Begin ziemlich ähnlich. Doch das habe ich ihr nie gesagt.

Deutschland. Schuld, Recht und
das habe ich nicht so gemeint

1986 ging ich nach Hamburg. Mein Ziel war es, Deutsch zu
lernen und eine Schauspielausbildung zu machen. Ich mochte die Sprache schon seit meiner Zeit in der Schweiz. Sie
klang so andersartig, so geheimnisvoll, ich wollte sie unbedingt erlernen. Meine französischen Freunde konnten nicht
verstehen, wie ein Mensch die deutsche Sprache gerne hörte und sie sogar freiwillig lernen wollte. Außerdem, fügten
sie hinzu, haben die Deutschen keinen Humor. Als ob der
französische Humor etwas Besonderes wäre! Ich fand ihn
nämlich sehr klugscheißermäßig, gerade ihre »jeux de mots«,
ihre Wortspiele, die Lautähnlichkeiten und Lautmalerei einsetzten, und die sie total witzig fanden. Noch weniger lustig fand ich ihre Witze über Sex. Nein, meine französischen
Freunde waren für mich kein Maßstab in Sachen guter Humor. Zudem war ich frei von der historischen Last ihrer Völkerfeindschaft und ausnahmsweise frei von Vorurteilen.
Auch wenn ich mittlerweile einiges über die Nazis gelesen
und Dokumentarfilme über das Dritte Reich gesehen hatte,
konnte ich dennoch unterscheiden zwischen der Sprache
eines Hitlers und der von Goethe, den wir als ersten Dichter in der Eurythmie-Schule zu studieren hatten. Da meine
Deutschkenntnisse für die Schauspielschule nicht reichten,
habe ich mich an einer Eurythmie-Schule angemeldet in der

Hoffnung, dass ich nach einem Jahr über genügend Sprachkenntnisse verfügen würde. Doch es kam anders als gedacht, und ich bin in der Eurythmie-Schule hängengeblieben, ganze vier Jahre und die gerne. Dort lernte ich nicht nur den Reichtum der deutschen Literatur und Musik kennen, sondern durch den alltäglichen Austausch in der Schule, fast eine Lebensgemeinschaft, auch die Kultur des Sich-Schuldig-Fühlens.

Auch wenn man eigentlich nichts Schlimmes *verbrochen* hat, wie zum Beispiel ein Taschentuch auf die Straße geworfen oder etwas lauter gesprochen hat als an dem betreffenden Ort üblich, wird von einem erwartet, sich zu entschuldigen, und nicht einfach nur mit »sorry« (man verwendete seinerzeit noch deutsche Wörter dafür), sondern richtig »es tut mir leid, verzeiht mir, ich entschuldige mich, vergebt mir, nie mehr wieder, ich habe das nicht so gemeint, es war unbeabsichtigt ...«

Es ist nicht schlecht für jemanden, der aus einer Kultur kommt, in der Wörter wie Danke, Bitte und Entschuldigung nicht selbstverständlich verwendet werden, damit konfrontiert zu sein. Bei uns ist so etwas einfach nicht Usus, nicht weil wir unhöflich wären, sondern weil man untereinander keine Grenzen verspürt, die einer solchen Höflichkeitsform bedürfen. Wenn du mir einen Gefallen tust, dann ist das selbstverständlich, denn wir gehören demselben *Clan*, derselben Großfamilie an; und du tust das im Interesse des großen Ganzen, und nicht meinetwegen, also erwartest du von mir persönlich auch keinen Dank.

Wobei *sich entschuldigen* eine recht komplexe Sache ist. Bei uns entschuldigt man sich bei den Eltern oder der Groß-

familie oder der Schulleitung etc. Nicht aber bei einer gleich-
altrigen oder jüngeren Person, schon gar nicht bei einer,
deren soziale Herkunft (arm) oder Beruf (Diener) nicht auf
demselben »Niveau«, also einem nicht ebenbürtig ist. Man
bedankt oder entschuldigt sich nur bei einer Person, die
»über« einem steht. Das klingt sehr chauvinistisch und klas-
senfeindlich, aber es stimmt. Die Araber sehen das Sich-Entschuldigen als eine Schwäche, auch dann, wenn man sich
bewusst ist, einen Fehler begangen zu haben. Das hat sich
natürlich heute mit der Globalisierung verändert, vor allem
mit der Einführung des pauschalen «sorry» in vielen nicht
anglophonen Ländern. Da es ein Fremdwort und leicht aus-
sprechbar ist, fühlt man sich weniger an seine eigentliche
Semantik gebunden. Manche mögen behaupten, ich über-
treibe, die Libanesen seien doch höfliche und gebildete Menschen. Doch dabei vergessen sie, dass zum Beispiel Haus-
haltsangestellte, die meist aus armen Ländern wie Sri Lanka
oder Äthiopien kommen, im Libanon bis heute wie Sklaven
behandelt werden. Aber davon wollte ich jetzt nicht erzählen.

Das Sich-Entschuldigen und Sich-Bedanken wurden ab jenem Moment Teil meines täglichen Vokabulars: danke, Entschuldigung, bitte, Verzeihung, gerne ...

An der Eurythmie-Schule gab es zwei Sorten Deutsche: Die
eine war extrem zuvorkommend und freundlich zu uns Aus-
ländern, sodass man ob ihrer Intentionen fast misstrauisch
werden konnte. Die anderen aber näherten sich uns nicht
einmal, aus Angst, wir könnten sie vielleicht beklauen oder
plötzlich auf sie losgehen oder sonst was. Ich habe damals
kaum jemanden getroffen, der oder die spontan oder un-
bekümmert auf mich zugegangen wäre.

Ob das Extrem-Nett-Sein mit dem Schuldgefühl zu tun hat, weiß ich nicht.

Es ist natürlich schlimm, was manche Großväter meiner deutschen Freunde getan und verbrochen haben; aber haben es die Kinder und Enkelkinder verdient, für die Schuld ihrer Großväter zu büßen?, fragte ich mich. Das war ein Thema, worüber sowieso nicht oft gesprochen wurde. Genauso wenig wie über den Osten, die DDR. Die Mauer stand noch, es war 1986. Manche wussten nicht einmal, wo der Libanon liegt, oft wurde das Land mit Libyen verwechselt; wenn ich sie dann aufklärte und sagte, dass das eine in Afrika und das andere in Asien liegt, meinten sie nur: Ach so, du meinst *Lübanon*, dann erwiderte ich: *Ja, nein, ja, aber mit I ... nicht mit Ü!* ... Und wer von der Existenz des Libanons wusste und den Namen richtig aussprach, tat das nur, weil das Land an Israel grenzt und es dort einen für sie unerklärlichen Krieg gab.

Aber zu der Zeit habe ich kaum über Politik gesprochen, vielleicht weil ich in Kreisen verkehrte, die unpolitisch waren, oder weil sich die Deutschen, im Gegensatz zu uns, sehr wenig für Politik interessierten. Wie dem auch sei, ich habe damals kaum etwas von deutscher Lokalpolitik mitbekommen, so beschäftigt wie ich war, *mich selbst zu finden*, in einem Prozess der *Selbstbefreiung* sozusagen. Zu jener Zeit hingen diese Riesenposter von Bhagwan (später Osho) überall in der Stadt. Lächelnd schaute er auf einen herab, als würde er sagen: »Komm zu mir, hol dir einen Orgasmus ab.« Auf den Partys roch es nach Haschisch und Patschuli, man verkehrte in vegetarischen und rauchfreien Restaurants, hörte von Sex als »meditativem Akt«, von Tantra und anderen spirituell-erotischen Praktiken, die sehr befreiend und gesundheitsfördernd sein sollten. Ich verstand die Faszination mancher meiner deutschen Freunde für diesen sexy Guru nicht, dessen betrügerische Aura schon aus tausend Metern Entfernung zu erkennen war. Sex war doch auch so schön, ohne all diese Hilfsmittel, und den deutschen Männern und Frauen, die ich kannte, schien es nicht an Freizügigkeit diesbezüglich zu fehlen. Doch womöglich, eben weil sie sich immer mit besagtem Schuldgefühl plagten, suchten sie in jeder neuen »Befreiungsmethode« ihren Frieden. Keine Ahnung.

Das Konzept von Schuld hat mehrere Gesichter, manche sind positiv, andere nicht. Mit einem der negativen Gesichter wurde ich zum ersten Mal auf entsetzliche Weise konfrontiert, als meine damals beste Freundin Solveig mich anschrie, nachdem ich mit dem Fahrrad gestürzt war und mir richtig wehgetan hatte: »Tja, selbst schuld! Ich hab' dir schon tausend Mal gesagt, dass du deine Bremsen reparieren sollst!« Für Solveig war mein Schmerz eine legitime, wenn auch logische Konsequenz meiner Faulheit. Statt Trost kriegst du Tadel, wenn du dir wehgetan hast. Ich dachte in dem Moment, dass diese Deutschen (Solveig und das Fahrrad) sich gegen mich verschworen hatten. Und ich fühlte mich zum ersten Mal als »Ausländerin« in diesem Land.

Sich schuldig fühlen bei jeder Weltkatastrophe; Schadenfreude zeigen, weil der Schaden der Beweis dafür ist, dass man RECHT hat; die Leute beschimpfen, wenn sie auf der falschen Straßenseite Fahrrad fahren, all das sind Verhaltensweisen, die nerven. Auch die Tatsache, dass man alles eigenhändig machen will, sich vor *Luxus* scheut oder sich gar deswegen schämt, das fand ich doch recht merkwürdig.

Ich für meinen Teil liebte den Luxus! Auch wenn ich kaum etwas zu essen hatte, sobald ich mit meiner Kellnerei am Wochenende ein paar Mark extra verdient hatte, kaufte ich mir einen Lippenstift von Chanel. Es ist natürlich töricht, so etwas zu tun, aber wie langweilig ist es doch, wenn man immer nur das Vernünftige tut. Wahrscheinlich würde man sich dann nie verlieben, ganz sicher keine Kinder kriegen, ja, sich sogar umbringen, denn das Leben ist zuweilen ziemlich schwer.

All das fand ich nicht schön, doch ich beneidete meine deutschen Freunde wiederum wegen anderer Dinge. Zum Beispiel, weil sie es leichter hatten, ehrlich miteinander zu sein; weil es ihnen leichter fiel, ihre Fehler einzugestehen; weil es für sie selbstverständlich war, an den eigenen Fähigkeiten zu zweifeln, im Gegensatz zu allen Libanesen, die ich kenne (mich ausgenommen); dass es für sie normal war, sich sogar bei einem Kind zu entschuldigen. Letzteres fand ich am schönsten. Bei uns werden Kinder wie Knechte behandelt, sie sollen immer schön machen, was die Erwachsenen ihnen sagen, egal ob der Erwachsene ein Arschloch oder ein ehrbarer Mensch ist.

Die schönen Hauchlaute

Ja, ich beneidete meine deutschen Freunde für vieles. Am meisten aber beneidete ich sie dafür, dass ihnen ihre Sprache ab dem Moment, da sie die Augen aufschlugen, den ganzen Tag hindurch so selbstverständlich von der Zunge ging. Sie sprachen, schrieben, studierten, sangen, schimpften, liebten, stritten in ihrer Sprache. Das galt natürlich nicht nur für die Deutschen, viele andere Nationen sprechen die Sprache, in der sie schreiben. Mir aber wurde erst in Deutschland bewusst, an was es mir mangelte.

Mein Verhältnis zur deutschen Sprache war anders als das zur französischen. Letztere sah ich eher als Sprache des »Besatzers«, auch wenn die Franzosen längst das Land verlassen hatten. Allein die Tatsache, dass wir in der Schule bestraft wurden, wenn wir im Schulhof Libanesisch statt Französisch sprachen, hat mir und einigen meiner Schulkameraden die Liebe zu dieser Sprache verdorben. Deutsch hingegen klang für mich total frei: Ich assoziierte damit nichts Bestimmtes, und manche Laute ließen mich oft wie vor einem Rätsel stehen, vor allem wenn ich den Laut »ch« wie im Wort »ich« hörte. Ich habe mich immer gewundert, wie fein und leicht ein Mensch sein muss, der sich mit einem Klang, der kaum Frequenzen im Raum erzeugt, bezeichnet. »Moi« klingt nass, schwer, träge, fast animalisch und etwas selbstverherrlichend. »I« klingt eher wie ein Schrei; »Ana« (Arabisch) hört sich kindlich an, vor allem durch die zwei »A's« und hat durch das »N« etwas Hemmendes, wie wenn ein Kind mit offenen Armen durchs Zimmer rennt und plötzlich auf etwas stößt, das es erschreckt. Beim »Ich« schwindet der Klang fast ganz, während man es ausspricht. Ich empfand die deutsche Sprache, im Gegensatz zu meinen französischen Freunden von damals, als die poetischste und differenzierteste Sprache von allen vieren.

Meine Sprache fehlte mir, und ich hätte gewünscht, in meiner Sprache sprechen und schreiben zu können, so wie es die anderen in ihrer taten. Es bedurfte vieler Jahre und Mühen, bis ich wieder in meiner Sprache schreiben konnte, denn im Libanon spricht man Libanesisch, aber man schreibt auf Hocharabisch. Der Unterschied ist vielleicht wie zwischen Schwyzerdütsch und Hochdeutsch. Ähnlich zumindest, glaube ich. Und genauso wie ein Deutschschweizer um des Schreibens willen in der Schule Hochdeutsch lernen muss, müssen wir Libanesen Hocharabisch lernen.

Als ich anfing zu schreiben, war es selbstverständlich, dass ich das auf Arabisch tue, obwohl ich die Grammatik fast neu lernen musste, weil ich während meiner vielen Jahre in Europa kaum auf Arabisch gelesen und die Briefe an meine Familie meist auf Libanesisch geschrieben hatte. Hocharabisch ist, wie alle reinen Schriftsprachen, nur schwer zu beherrschen, weshalb einem auch etwaige Grammatikfehler verziehen werden. Selbst großen arabischen Schriftstellern unterlaufen derlei Fehler, was einem auch die Furcht vor dem Schreiben nimmt.

Manchmal denke ich mir auch, dass der Unterschied zwischen dem gesprochenen und dem geschriebenen Arabisch eine gewichtige Rolle im Kampf der Libanesen um ihre *eigentliche* Identität spielt. Die einen bezeichnen sich als Araber, die anderen als Phönizier, manche als Frankophone, die dem französischen Protektorat noch immer nachtrauern, andere wiederum weinen dem Osmanischen Reich hinterher. Neuerdings denken manche, dass ihre einzige Rettung im *Reich der Ayatollahs* in Iran zu suchen ist. Das ist sehr verworren, in der Tat. Aber nicht nur für einen Nicht-Libanesen; für uns ist es genauso verwirrend.

Operation Sich-Niederlassen

Ich war elf, als der Bürgerkrieg ausbrach. Ein Jahr später drang die syrische Armee ins Land ein, und das war der Beginn einer langen und furchtbaren Quasi-Besatzung des politischen Lebens. In meinem vierzehnten Lebensjahr fand die sogenannte »Operation Litani« statt, der erste Einmarsch der israelischen Streitkräfte in den Libanon. In meinem achtzehnten Lebensjahr marschierten sie zum zweiten Mal ein und nannten den Einmarsch »Operation Frieden für Galiläa«. Nach diesem Einmarsch verließ ich das Land.

Der dritte Einmarsch der israelischen Armee geschah im April 1996 und hieß »Operation Früchte des Zorns«. Zu der Zeit lebte ich in Deutschland, aber die Bezeichnung »Früchte des Zorns« war inspirierend genug, um einen verrückten Akt zu begehen; und so habe ich kurz darauf einen ersten Versuch unternommen, nach vierzehn Jahren im Ausland wieder im Libanon zu leben.

Es waren die Jahre des Wiederaufbaus. Die Menschen waren entweder damit beschäftigt, ihre zerstörten Häuser wieder zu richten oder aufzubauen, ihre Toten zu betrauern, oder sie waren durchgehend in Partystimmung. Es waren euphorische Jahre, zuweilen auch sehr schöne, während derer man allerdings leicht im Nichts versinken konnte, gerade wenn man lange weg gewesen war und viele Ereignisse nicht mitbekommen hatte. Ich hielt es nicht aus, packte nach fünf Jahren wieder meine Koffer und ging zurück nach Berlin.

Meinen zweiten Rückkehrversuch in den Libanon unternahm ich Ende 2006, direkt nach dem vierten israelischen Einmarsch, dem sogenannten »Julikrieg«. »Diesmal bleibe ich auch«, dachte ich. Im Dezember 2010 flammten Aufstände in der ganzen Region auf. Am meisten aber waren wir im Libanon von den Auswirkungen der Syrischen Revolution betroffen, die wenige Monate später ausbrach. Viele Syrer sind in den Libanon geflüchtet, darunter einige unserer Freunde, die uns von den Schreckenstaten des Regimes aus erster Hand berichteten. Es waren Jahre voller Hoffnung, sowohl für die Syrer als für uns Libanesen, die ebenfalls unter diesem schrecklichen Regime gelitten hatten. Die Hoffnung hat sich, wie wir heute wissen, als Illusion herausgestellt.

Im Herbst vergangenen Jahres (2019) gab es im Libanon einen Aufstand, den wir die Revolution des 17. Oktobers nannten. Zeitgleich ist das Land in einer wirtschaftlichen Krise kollabiert. Politisch bröckelt es von allen Seiten, und Gewalt liegt in der Luft, spürbar. Welcher Art wird die Gewalt dieses Mal sein? Keiner kann es wissen. Es könnte in einen bewaffneten Kampf münden, oder es kommt zu einem Zermürbungskrieg. In beiden Fällen aber könnte es wieder heißen, dass es Zeit ist, die Koffer zu packen.

Als ich klein war, wünschte ich mir, ein Junge zu sein. Als Jugendliche wollte ich mich dem bewaffneten Kampf anschließen; später wünschte ich mir nur noch einen Ort, an dem ich mich niederlassen und bleiben kann. Nichts von alledem ist Wirklichkeit geworden. Dennoch, manches wollte ich nie anders haben: meine Familie, meine Sprache und mein verfluchtes Land.

Chaza Charafeddine, Beirut, Juni 2020

DER UNBESTECHLICHE BLICK

Der Libanon und die literarischen Erinnerungen von Chaza Charafeddine

Der Libanon ist ein Mythos. Dieser Mythos geht auf die Bibel zurück: Er ist religiös aufgeladen, eine Aufladung, die auch im vorliegenden Buch spürbar ist, obwohl seine Autorin, eine durch und durch säkularisierte, rebellische Frau, bereits als Kind intuitiv alles hinterfragt hat. So wird die Religion im Buch zur Kontrastfolie.

Der Libanon der Bibel ist zwar nicht das Zentrum der Heilsgeschichte, aber ihm nah genug, um von einer mythisch-religiösen Aura umgeben zu sein; nah genug auch, um territoriale Begehrlichkeiten zu wecken: Israel, das sein Existenzrecht auf die Bibel zurückführt, hat lange gehofft, auch den Süden des Libanons in sein eigenes Staatsgebiet zu integrieren (frei nach Jes. 60,13h)[8]. Verhindert hat dies die Hisbollah – ebenfalls eine sich auf Religion berufende Formation.

»Libanon« ist ursprünglich nur der Name für das Gebirge, das zwischen den Hafenstädten Tripoli im Norden und Sidon im Süden (Beirut liegt in der Mitte) steil von der Küste aufragt und sich über fast 170 Kilometer hinzieht. Dank der Bibel ist es Teil der imaginären Geographie geworden, mit

---

8   »Die Herrlichkeit des Libanon wird zu Dir [Zion] kommen, Wacholder, Platan und Zypresse miteinander, um die Stätte meines Heiligtums zu schmücken.«

der das christliche Abendland auf die Welt blickte. Im 19. Jahrhundert bekamen die europäischen Kolonialmächte, allen voran Frankreich und Großbritannien, die Möglichkeit, diese imaginäre Geographie in eine reale zu verwandeln, und zwar erfolgreich, sofern man die Gründung des Staatsgebildes Libanon als Erfolg werten will (die Frage bleibt offen).

Von der europäischen Perspektive auf den Nahen Osten ist auch unser Buch geprägt: Sie bildet eine von mehreren Kontrastfolien, vor denen sich die Erzählerin mit ihrem unbestechlichen Blick abhebt, frech, witzig und anrührend in ihren Erlebnissen auf der französisch-katholischen Schule. Die Levante, also der östliche Mittelmeerraum mit dem Libanon als eines seiner Kernländer, war seit dem 15. Jahrhundert Teil des Osmanischen Imperiums und stand unter der Oberherrschaft des Sultans in Istanbul; sie war Teil der sogenannten Seidenstraße und damit ein Hauptumschlagplatz für den Asienhandel. Und spätestens seit den Kreuzzügen pflegte die Levante enge Beziehungen mit Europa.

Der heutige Staat Libanon ist in politischer und geographischer Hinsicht – ebenso wie alle anderen Staaten des Nahen Ostens, Israel eingeschlossen – das Produkt einer aus Europa importierten Ideologie, nämlich der des Nationalismus. Palästina und Israel gehören historisch ebenso sehr zusammen wie die verschiedenen deutschsprachigen Landstriche in Vergangenheit und Gegenwart. Die heutigen Grenzen zwischen Jordanien, Syrien, Libanon, Palästina/Israel sind so widersinnig, wie es die Grenze zwischen Ost- und Westdeutschland nach dem Zweiten Weltkrieg war. Das erklärt zu einem großen Teil die Konflikte in der Region.

Dessen ungeachtet hat die Gebirgsregion des Libanon ihre

Besonderheiten: Die Berge waren das Rückzugsgebiet ethnischer und religiöser Minderheiten, zum einen der christlichen Maroniten, zum anderen der Schiiten. In unserem Kontext spielen beide Gruppierungen eine Rolle – die Erzählerin entstammt einer schiitischen Familie, besucht aber eine französisch-katholische Schule.

Der Hintergrund: 1632 erklärten die Franzosen, dass die Katholiken im Osmanischen Reich unter ihrem Schutz stünden – und damit auch die im Libanongebirge wohnenden Maroniten. Diese waren zwar keine Katholiken, akzeptierten aber die päpstliche Autorität. Die enge Beziehung der Maroniten zu Frankreich führte schließlich dazu, dass der Libanon auf Betreiben der Franzosen ein eigener Staat wurde, als das Osmanische Reich nach dem Ersten Weltkrieg zerfiel und die Siegermächte England und Frankreich den Nahen Osten unter sich aufteilten: Die Engländer übernahmen das Mandat (eine koloniale Oberaufsicht, die als Überleitung in eine Unabhängigkeit schöngeredet wurde) über Palästina, (Trans-)Jordanien und Irak, die Franzosen über den Libanon und Syrien, die bis dahin alle keine voneinander abgetrennten Staaten gebildet hatten, sondern nur Namen für historisch-geographische Regionen und Verwaltungsbezirke des Osmanischen Reichs gewesen waren.

Der Libanon wurde von den Franzosen so aus seinem historisch-geographischen Umfeld herausgeschnitten, um einen Staat zu schaffen, in dem die Maroniten die Mehrheit bildeten. Dieser Staat entstand am 1. September 1920. Da der Libanon aber auch Heimat zahlreicher anderer Konfessionen war und ist (offiziell sind heute 18 aufgeführt), bildete sich in den folgenden Jahrzehnten ein Proporzsystem heraus, das die Vormachtstellung der Maroniten garantierte, jedoch auch den anderen Religionsgruppen Einfluss und Repräsentation sicherte. Dieses Proporzsystem besteht (mit kleineren Abänderungen nach dem Bürgerkrieg von 1975–1990) bis heute fort und ist eine der Ursachen für die politische Lähmung, freilich aber auch für die Vielfalt, relative Freiheit und kulturelle Blüte des Landes. Doch dazu später.

Bereits in den zwanziger Jahren kommt es zu zahlreichen Unruhen in den französischen Mandatsgebieten. Die Frage nach dem staatlichen Zusammenhalt von Syrien und Libanon (die Maroniten waren mehrheitlich dagegen, die anderen Bevölkerungsgruppen mehrheitlich dafür) bleibt ungeklärt und sorgt für politische Turbulenzen. Schließlich mündet sie in einen Aufstand gegen die Franzosen in Syrien, der gewaltsam niedergeschlagen wird. Die Franzosen praktizierten eine Politik des »Teile und Herrsche« und säten auf diese Weise einen Unfrieden, der bis in 21. Jahrhundert reicht.

Der Libanon wird offiziell 1941, tatsächlich aber erst 1943 unabhängig. Frankreich ist von den Deutschen besetzt, und die Exilregierung um General de Gaulle hat Wichtigeres zu tun, als widerspenstige Mandatsgebiete zu verwalten. Dennoch bleibt das Land im Einflussbereich Frankreichs, gerät aber auch zunehmend in den der USA. Libanon wird als eines von wenigen arabischen Länder zum Bestandteil des westlichen Blocks und mausert sich zu einem kapitalistischen Eldorado, zur »Schweiz des Nahen Ostens«, weniger wegen seiner Berge als wegen seiner Banken. Das Land erfüllte damit wirtschaftlich die Funktion eines Drehkreuzes zwischen Ost und West, das heißt Kapitalismus und Kommunismus, und Nord und Süd, das heißt Europa, den USA, und der arabisch-islamischen Welt.

Beirut wurde in jener Zeit zu einer der freiesten und kosmopolitischsten Städte der Welt, und damit zum Umschlagplatz nicht nur für Wirtschaftsgüter, sondern auch für Ideen und Ideologien. Hier tummelten sich Agenten, Flüchtlinge und Glückssucher, Schriftsteller, Musiker und Künstler; und im hiesigen Chaos brach 1975 schließlich der Bürgerkrieg aus.

Die Offenheit des Libanon, der über keine nennenswerte Armee verfügte, war zugleich seine Schwäche. Am ersten arabisch-israelischen Krieg 1948 beteiligte sich der Libanon fast gar nicht, litt in der Folge aber doch am schwersten darunter: Er nahm zahlreiche palästinensische Flüchtlinge auf, von denen viele einen unklaren internationalen Status hatten (und bis heute haben), als nahezu rechtlos galten und in Flüchtlingslagern lebten, die bald zu befestigten Siedlungen und Stadtteilen ausgebaut wurden. Es gibt sie heute noch.

In den umliegenden arabischen Ländern hatten die Palästinenser ein ähnliches Schicksal, aber im Libanon trafen ihre Versuche, sich zu integrieren und eine neue Heimat aufzubauen, auf eine besondere Hürde: Sie gefährdeten die demographische Balance und das komplexe Proporzsystem, das für den inneren Frieden des Landes so wichtig war. Die meisten Palästinenser waren sunnitische Muslime. Würde man sie als vollwertige Bürger anerkennen, so gefährdeten sie die ohnehin prekäre Vormachtstellung der Maroniten. Viele Maroniten sperrten sich daher gegen eine Integration der Palästinenser und gegen die zunehmende palästinensische Präsenz überhaupt.

Der Kalte Krieg und seine nahöstlichen Verzweigungen spiegelten sich nun auch im Libanon: Die Palästinenser neigten der sozialistischen Seite zu, die Maroniten und andere christliche Konfessionen hingegen der westlich-kapitalistischen, oft auch religiös-konservativen, reaktionären. Das hinterließ Spuren bis in das vorliegende Buch hinein: Die Erzählerin geht zwar zunächst auf eine streng religiöse, zudem französisch-katholische Schule, engagiert sich aber später in einer linken, revolutionär gesinnten Gruppe – ein biographische Reise durch die konkurrierenden Weltanschauungen im Libanon.

Nach 1967 verschärfte sich die Situation zusehends. Die Palästinenser begriffen, dass auf die militärische Schlagkraft und Solidarität der arabischen Staaten kein Verlass war: Sie mussten den Widerstand selbst in die Hand nehmen. Als sie im sogenannten »Schwarzen September« aus Jordanien vertrieben wurden, nahm die PLO um Palästinenserführer Yassir Arafat ihr Hauptquartier in Beirut. Der Libanon wurde nun zum Hauptschauplatz des israelisch-palästinensischen Konflikts. Die PLO bildete im Libanon eine Art Staat im Staate. In Anbetracht der bewaffneten palästinensischen Gruppen und ihrer ebenfalls bewaffneten muslimischen Verbündeten bauten auch die christlichen Fraktionen ihre bereits in den dreißiger Jahren nach faschistischem Vorbild gegründeten Milizen aus.

Vor allem im Südlibanon, an der Grenze zu Israel, kam es immer wieder zu militärischen Zusammenstößen, wenn israelische Truppen die palästinensischen Guerilleros über die Grenze zurückverfolgten. Die Libanesen waren gespalten. Die einen machten sich die palästinensische Sache zu eigen; die anderen hegten einen zunehmenden Groll auf die Palästinenser. Hinzu kam außerdem ein dritter Faktor, der für unser Buch wichtig ist: Der Südlibanon, wo die Palästinenser gegen Israel kämpften, ist traditionell eines der Hauptsiedlungsgebiete der libanesischen Schiiten: Auch die Familie unserer Erzählerin stammt von dort, und während in Beirut der Bürgerkrieg wütet, kehrt sie dorthin zurück.

Im libanesischen Proporzsystem kamen die Schiiten relativ schlecht weg. Sie galten als arm, abgesehen von einigen Händlern und Großgrundbesitzern, zu denen die Familie der Autorin gehört (aus ihrer Familie stammt auch der religiöse Führer der Schiiten im südlibanesischen Tyros); und sie waren politisch unterrepräsentiert. Zugleich verzeichneten sie die höchste Geburtenrate und waren im Begriff, die anderen Religionsgemeinschaften an Zahl zu überholen. Da sie nahe an der israelischen Grenze wohnten, gerieten sie besonders oft zwischen die Fronten.

In dieser Situation begannen die politisch unterrepräsentierten Schiiten – die bis dahin, siehe die Familie der Erzählerin, eher versucht hatten, sich dem herrschenden Milieu anzupassen, indem sie etwa ihre Kinder auf die besseren französischen Schulen schickten, so sie über genügend finanzielle Mittel verfügten –, ein stärkeres politisches Bewusstsein, eine offensiver vertretene eigene, von den sunnitischen Muslimen unterschiedene Identität zu entwickeln. Eine Folge davon war, dass sie eigene Milizen gründeten, um sich gegen Übergriffe, gleich welcher Seite, wehren zu können, zunächst die »Amal«-Miliz, dann, teils in Konkurrenz zu Amal, die »Hisbollah«.

In dieselbe Zeit fällt das Wirken des charismatischen schiitischen Religionsgelehrten Musa as-Sadr (1928–1978), der 1960 aus Iran in den Libanon gekommen war. Er stand für eine weltoffene, sich für soziale Belange einsetzende Auslegung des schiitischen Glaubens und traf damit den Nerv der Zeit. As-Sadr politisierte die Schiiten und verschaffte ihnen eine charakteristische eigene Stimme im konfessionellen Gefüge des Libanon. Als charismatischer Prediger mit progressiver Agenda trug er zweifellos zur Aufwertung des Selbstwertgefühls der libanesischen Schiiten bei. Dennoch wäre die Entwicklung, die in unserem Buch geschildert wird – die Rückbesinnung auf das Schiitentum und die religiösen Verbindungen nach Iran in der anfänglich so verwestlicht-bürgerlich wirkenden Familie der Erzählerin –, nicht ohne den nun beginnenden libanesischen Bürgerkrieg denkbar.

Eines Morgens, so erinnert sich die Erzählerin, wird sie zur Schule gefahren, aber der Unterricht findet nicht wie gewöhnlich statt. Wir schreiben das Jahr 1975. Wann genau die Schule unterbrochen wurde, wird in der Erzählung nicht gesagt. Alles spielt sich ganz aus der Perspektive des Mädchens ab, das nicht versteht, was geschieht. Erklärt wird nichts. Die libanesischen Leserinnen und Leser wissen es ohnedies. Es dürfte sich um den 13. April 1975 handeln, oder um einen Tag kurz danach.

Am 13. April 1975 wurde bei der Einweihung einer maronitischen Kirche auf die Leibgarde von Pierre Gemayel geschossen, den Führer der maronitischen Phalange-Partei, die ebenfalls über schlagkräftige eigene Milizen verfügte. Vier Menschen kamen ums Leben. Dies war der berühmte Funke, der das libanesische Pulverfass entzündet hat. Zur Vergeltung überfielen phalangistische Milizen einen durch das Viertel fahrenden Bus mit Palästinensern und töteten 26 von ihnen. Die staatlichen Behörden versuchten vergeblich zu vermitteln, doch die Stimmung war bereits zu aufgeheizt. Kurz darauf teilte sich die Stadt in einen christlichen Ostteil und einen muslimischen Westteil: Der libanesische Bürgerkrieg hatte begonnen; er sollte bis 1990 andauern.

144

Es kam zu einem Stakkato an Waffenstillständen und wieder aufflammenden Kampfhandlungen, zu Massakern, Anschlägen, Raketen- und Artilleriebeschuss, politischen Morden und ethnischen Säuberungen – und dazwischen ging das Leben trotzdem weiter, wovon auch Chaza Charafeddine erzählt. Die Familie kehrt zunächst an den Ort ihrer Herkunft zurück, nach Tyros im Südlibanon, wo die Situation für sie übersichtlicher ist. Als sie zwei Jahre später nach Beirut zurückkommt, ist ihre Wohnung zerstört.

Die Frontlinie verlief jedoch nicht einfach zwischen Muslimen und Christen. Viele progressive Christen wie etwa der bekannte Autor und Journalist Elias Khoury kämpfen auf Seiten der Palästinenser oder sind auf ihrer Seite aktiv. Dazu zählt die Autorin und Künstlerin Etel Adnan, die der griechisch-orthodoxen Religionsgemeinschaft entstammt. Sie wird mit ihrem Roman »Sitt Marie-Rose«, der ebenfalls im Bürgerkrieg spielt, kurz erwähnt. Die verschiedenen christlichen Milizen und Parteiungen stehen zudem in Konkurrenz untereinander und bekämpfen sich in einer späteren Phase des Bürgerkriegs sogar.

1978 griffen die Israelis aktiv in den Krieg ein und besetzten für kurze Zeit den Südlibanon; 1982 rückten sie in Beirut ein und belagerten einen Sommer lang den muslimischen Westteil der Stadt, um den Abzug der PLO zu erzwingen. Die Szene mit den israelischen Soldaten in unserem Buch bezieht sich auf den Einmarsch von 1982, denn da ist die Erzählerin kein Kind mehr.

Nach der israelischen Besetzung Beiruts wird sie zur Ausbildung ins Ausland geschickt, in die französischsprachige Schweiz. Von dort geht sie nach Deutschland. Der Bürgerkrieg endet 1990. Die Autorin – mit der Erzählerin weitgehend identisch – kehrt Mitte der neunziger Jahre nach Beirut zurück, wo sie bis heute lebt.

So weit die äußeren Umstände und historischen Hintergründe, die vielleicht noch um die seltsame, eher wie ein Traum wirkende Episode in Afrika ganz zu Anfang des Buchs ergänzt werden müssen: Seit der französischen Mandatszeit sind viele Libanesen als Kaufleute, vor allem von Diamanten und Edelmetallen, in die frankophonen Gebiete in Westafrika gegangen, so auch Angehörige der Charafeddines. Die Rückkehr der Familie in den Libanon markiert den Beginn des Buchs.

Der Libanon, so zeigt dieser kurze geschichtliche Abriss, ist ein Land in fortwährendem Krisenmodus. Aber er ist auch eine kulturelle Großmacht; was die kulturelle Ausstrahlung in der arabischen Welt im 20. Jahrhundert anbelangt, konnte nur das viel größere Kairo mit Beirut konkurrieren. So entstand neben dem erwähnten biblischen Libanon-Mythos ein zweiter, moderner, wohlbegründeter: der von Libanon und Beirut als Humus für ungehemmte künstlerische Kreativität und Freiheit.

Beides, Krise und Kreativität, sind keine Gegensätze, sondern hängen zusammen, bedingen einander. Der Grund, weswegen Beirut zum kulturellen Hotspot wurde, liegt an der Heterogenität und kulturellen Vielfalt, die dem Libanon seit jeher eingeschrieben ist. Die Vielzahl der Religionsgemeinschaften, Ethnien, Sprachen, Zuwanderer, Gastarbeiter und zahlreiche Einflüsse von außen bewirkten eine Multikulturalität, die sich dank des schwachen Staates ungehindert ausleben und ausbreiten konnte.

Was für die Wirtschaft und den lukrativen libanesischen

Finanzsektor galt, betraf auch die Kultur: das Laissez-faire, man ließ die Leute machen – im Bildungssystem, in der Presse und den übrigen Medien, und damit auch in Literatur, Kunst, Musik, Film. Mit der American University of Beirut, in West-Beirut gelegen, und der im Christenviertel angesiedelten französischsprachigen Université St. Joseph (beides ursprünglich religiöse Lehranstalten) befanden sich zwei der besten Universitäten des Nahen Ostens in Beirut. Jede Konfession oder politische Richtung hatte ihre Zeitung, ihren Radiosender – oder später ihren Satellitenkanal. Journalistinnen oder Autorinnen oder Autoren, die in ihrer Heimat, zum Beispiel in Syrien und Irak, Repressionen ausgesetzt waren, konnten nach Beirut gehen und hier Anstellungen finden und weiterarbeiten.

Mahmud Darwish (1942–2008), der große palästinensische Dichter, der in den siebziger und achtziger Jahren in Beirut lebte, fasst die Atmosphäre der Stadt in seinen Beiruter Erinnerungen »Ein Gedächtnis für das Vergessen« wie folgt zusammen: »Jeder, der von irgendeinem anderen System in einer anderen Welt träumte, stürzte sich auf Beirut. Das entstehende Chaos wurde zum gewohnten Bild, und die Fremden fühlten sich nicht mehr fremd.«

Die Palästinenser (wie eben Mahmud Darwisch) belebten die Kulturszene zusätzlich, denn ihre vielen Fraktionen gründeten je wieder eigene Presseorgane und Verlage. Hinzu kam, dass nun praktisch alle arabischen Staaten im Beiruter Hexenkessel mitmischen wollten und folglich ebenfalls eigene Medien, Parteien, Milizen finanzierten. Wer nicht für die Presse arbeitete, konnte als Lehrer an einer der viele Privatschulen unterkommen, als Universitätsdozent, Funktionär oder notfalls eben auch Milizionär.

Darüber hinaus bewirkte das libanesische Feudalsystem, dass zahlreiche Menschen, die den besseren Familien angehörten, ein Auskommen hatten, ohne selbst Geld verdienen zu müssen. Damit hatten sie auch viel Zeit für Kreativität. Zudem regte die hochpolitisierte, immer kurz vor der Explosion stehende Atmosphäre der Stadt das Bedürfnis nach Äußerung, Diskussion und künstlerischer Verarbeitung zusätzlich an: Ständig stand etwas auf dem Spiel, nie kam man zur Ruhe, alle politischen Meinungen und Möglichkeiten lagen offen zutage. Vom Maoismus bis zum religiösen Faschismus war in Beirut alles zu haben – eine weltanschauliche Vielfalt, die auch in den Erinnerungen von Chaza Charafeddine immer wieder spürbar wird.

Von den fünfziger Jahren bis zur israelischen Invasion 1982 und dann wieder von den neunziger Jahren bis zum letzten Krieg mit Israel 2006 kann von einer echten Blütezeit der Kultur im Libanon die Rede sein. Doch war die in Beirut geschaffene Literatur bereits im 19. Jahrhundert federführend in der arabischen Welt. Die hiesigen Literaten kamen aus vielen arabischen Ländern, und sie schrieben auch keineswegs nur auf Arabisch, sondern ebenso auf Französisch und Englisch. Auch Chaza Charafeddine hätte ihr Buch in allen diesen Sprachen schreiben können. Oder auch auf Deutsch und noch in einer fünften Sprache, der eigentlichen Muttersprache, dem libanesischen Dialekt, von der Hochsprache ebenso weit entfernt wie Schweizerdeutsch vom Hochdeutschen – auch dieser Umstand wird im Buch erwähnt.

Für die arabischsprachige Literatur hat Beirut in der zweiten Jahrhunderthälfte eine überragende, unverzichtbare Rolle gespielt: Die Stadt war – und ist zu einem großen Teil bis heute – Verlagszentrum der arabischen Welt. Hier wurden die meisten und wichtigsten arabischen Bücher verlegt, vor allem auch solche, die in den Heimatländern der Autorinnen und Autoren nicht erscheinen durften. Das lag vor allem daran, dass es in Libanon praktisch keine Zensur gab.

In dieser Atmosphäre gedieh plötzlich auch die Literatur von Frauen. Seit Ende des 19. Jahrhunderts gab es emanzipatorisch orientierte Journalistinnen und Intellektuelle, die auf Arabisch schrieben, etwa May Ziyade (1886–1941) aus Libanon, eine enge Freundin Gibran Khalil Gibrans, dem Autor des viel gelesenen Weisheitsbüchleins »Der Prophet«. Romane schrieben arabische Frauen jedoch zunächst nicht – jedenfalls nicht auf Arabisch.

Der erste auf Arabisch geschriebene Roman einer Frau, der erste jedenfalls, der bekannt wurde und Wellen schlug, erschien 1958, und natürlich in Beirut. Er stammt von der schiitischen Autorin Laila Baalabakki (geb. 1936). Ihr Roman »Ich lebe« (deutsch 1994 im Lenos Verlag) galt als Skandal – allein schon deshalb, weil er von einer Frau stammte und von ihren Gefühlen und erotischen Erlebnissen handelte. Mit diesem Buch war der Damm gebrochen: Von nun an erschienen in Beirut, aber auch anderswo, zahlreiche arabische Romane und Erzählungen aus der Feder von Frauen, und einige von ihnen gehören zum Besten, was die moderne arabische Literatur zu bieten hat.[9] Sofern die Autorinnen Libanesinnen sind, finden sich darunter auffällig viele, die schiitischer Herkunft sind. Neben Laila Baalabakki sind hier vor allem Hanan al-Scheikh und Alawiyya Sobh zu nennen, die alle auch auf Deutsch veröffentlicht wurden.

9   Siehe das Kapitel über Frauenliteratur aus der islamischen Welt in »1001 Buch. Die Literaturen des Orients«, Edition Converso 2019.

Vor allem in jüngster Zeit, im 21. Jahrhundert, werden Genderfragen in der arabischen Frauenliteratur direkt, gleichsam frontal verhandelt, nicht mehr nur hinter dem Schleier einer Erzählung. So tut es etwa die Syrerin Salwa al-Neimi mit ihrem Buch »Honigkuss« (deutsch 2008) und die libanesische Dichterin und Journalistin Joumana Haddad mit »Wie ich Scheherazade tötete« (deutsch 2010). Zu dieser Strömung, einer an Genderfragen orientierten, bekenntnishaften Literatur, gehört auch Chaza Charafeddines Werk, und zwar nicht nur das literarische, sondern auch das künstlerische, etwa mit ihrer Collage aus Fotos und alten islamischen Miniaturen in dem Werk »Divine Comedy« (Beirut, Plan-Bey, 2015). In unserem Buch wird diese Geschlechterfragen thematisierende Tendenz im zweiten Teil evident, »Wenn ich ein Junge wäre«.

Dass Chaza Charafeddine auf Arabisch schreibt, auf Hocharabisch wohlgemerkt, obwohl es für sie ebenso eine – wenn auch perfekt beherrschte – Fremdsprache ist wie Französisch, Englisch oder Deutsch, hat meines Erachtens klare Gründe: Erst auf Hocharabisch, der Sprache des Korans und der offiziellen und offiziösen Medien, entwickelt das Buch seine Sprengkraft, wird die Geschichte zu der eines *wilden*, rebellischen *Mädchens*. Während wir auf Englisch, Französisch und Deutsch solche Geschichten – wenn auch nicht aus Beirut – vielleicht schon lesen durften, wird auf Arabisch auf einmal etwas Ungesagtes, Unerhörtes geäußert.

Dabei besteht die Rebellion, anders als bei Salwa al-Neimi und Joumana Haddad, nicht in einer offenen Provokation, sondern schlicht im unbestechlichen Blick, in der Weigerung, die eigene Wahrnehmung, die eigenen Gefühle zu verleugnen, zu verbiegen, sie mit den gesellschaftlichen Erwartungen konform zu machen. Das gilt im libanesischen Kontext wie im schweizerischen und deutschen Exil, wo die Erzählerin gleichfalls aneckt und sich ebenso wundert über die Menschen und ihre Konditionierungen wie im Libanon. Am deutlichsten – und für libanesische Verhältnisse wohl am provokantesten – wird das bei der Begegnung mit Israelis, erst mit den Soldaten, die 1982 in den Libanon einmarschieren, dann in der zwiespältigen Haltung zur israelischen Mit-Auszubildenden in der Schweiz. In beiden Fällen enthüllt sich nach und nach die Menschlichkeit und Individualität der israelischen Juden, die im Libanon, freilich nicht ohne Grund, immer nur als Feinde wahrgenommen werden.

Aus der Perspektive des Jahres 2021 mutet dies fast schon historisch an. Der Konflikt mit Israel, wiewohl offiziell keineswegs beendet, wird von anderem überlagert: dem syrischen Bürgerkrieg, der wohl mehr als eine Million Syrer als Flüchtlinge in das kleine Nachbarland getrieben hat; der Banken- und Währungskrise, die innerhalb eines Jahres das libanesische Pfund auf zwanzig Prozent oder weniger seines Wertes reduziert hat; der Corona-Krise, die zu einem Einbruch des Tourismus geführt, die Wirtschaftskrise verstärkt und die Krankenhäuser an ihre Kapazitätsgrenze getrieben hat; und schließlich von der verheerenden Explosion im Beiruter Hafen am 4. August 2020, die nicht nur rund 200 Menschenleben gekostet und weite Teile der inneren Stadtbezirke zerstört oder beschädigt hat, sondern die auch das Ausmaß der Korruption und Inkompetenz der herrschenden Klasse unmissverständlich aufgezeigt hat.

Der Libanon, so scheint es, ist unregierbar geworden. Die Freiheit, die die Stadt einst so sehr auszeichnete, fordert ein weiteres Mal ihren Preis.

Aber das ist in der langen, bewegten, ebenso glorreichen wie tragischen Geschichte des Libanon nichts Neues. Die Krise zählt zum Land dazu wie die seit alters her geübte Kunst, ihr zu trotzen. Auch dafür steht, beispielhaft, das vorliegende Buch, dessen starke, widerspenstige, der eigenen Wahrnehmung vertrauende und unerschrockene Perspektive sich für den Umgang mit jenen anderen Krisen empfiehlt, die heute die Welt auch weit weg von Beirut plagen.

Stefan Weidner, Oktober 2020

Biographisches

Chaza Charafeddine kam 1964 in der alten Phönizierstadt Tyros, heute Libanon zur Welt. Ihre erste Schule war die der religiösen schiitischen Familie, aus der sie areligiös hervorging, trotz wiederum — einer kurzzeitigen Moderne geschuldet — Besuch einer Christenschule. Sie spricht vier Sprachen, das Hocharabische ist die Sprache ihres Schreibens. Dank seiner hat ihr Blick des *wilden Mädchens* etwas ganz Unerhörtes. Wie sehr ihre skeptische, kritisch-ironische, teils auch melancholische Haltung gegenüber den tragischen und umwälzenden Ereignissen auch im Deutschen ihren Ausdruck und Nachhall finden, ist ein Phänomen. Ihre erzählenden Texte wurden in zahlreichen libanesischen Feuilletons und Magazinen abgedruckt; eine Sammlung mit Kurzgeschichten aus ihrer Zeit in Berlin (»Ein unsichtbarer Koffer«) gilt es noch zu entdecken. Chaza Charafeddine als vielseitige Künstlerin ist auf chazacharafeddine.com zu erleben. Derzeit arbeitet sie an einem Multimediaprojekt über Kafka.

Günther Orth, Übersetzer und Dolmetscher aus dem Arabischen. Sein launisches Selbstportrait ... *ich bin in dörflichem Milieu in Franken geboren, in der Grundschule lernte ich erfolgreich Hochdeutsch und Rechtschreibung ...* ist in der Rubrik »Menschliche Kraftfelder« auf der Verlagshomepage nachzulesen http://www.edition-converso.com/menschliche-kraftfelder/günther-orth. Weiteres über seine berufliche Ausrichtung auch auf https://targama.de/zur-person/

Stefan Weidner, 1967 in Köln geboren, ist einer der bekanntesten deutschen Islamwissenschaftler, er studierte in Bonn, Berkeley, Damaskus, reiste über die Kontinente, lebt heute als Publizist, Literaturkritiker, Übersetzer aus dem Arabischen zwischen Berlin und Köln, mit vielen Preisen ausgezeichnet. Für Edition CONVERSO hat er 2019 die großartige Literaturgeschichte in erzählenden Einzeldarstellungen geschrieben:»1001 Buch – Die Literaturen des Orients«. Er ist uns in allen»orientalischen« Belangen ein unverzichtbarer Gesprächspartner.

Inhalt

DER UNBESTECHLICHE BLICK

FSC
www.fsc.org
MIX
Papier aus ver-
antwortungsvollen
Quellen
FSC® C089473

Deutsche Erstausgabe
© 2021 Edition CONVERSO, Bad Herrenalb

Originaltitel: Flashback
Published by arrangement with RAYA
The agency for Arabic literature
© 2012 Dar Al Saqi, Beirut, Libanon
All rights reserved

Alle Änderungen im Text und das Hinzufügen des
zweiten Teils sind ausdrücklich von der Autorin gewollt.

Aus dem Arabischen von Günther Orth
Der Verlag dankt LITPROM e. V.
für die großzügige Förderung der Übersetzung.
Bearbeitung des zweiten Teils im Original
auf Deutsch: Monika Lustig
Lektorat: Monika Lustig, Judith Krieg

Umschlagmotiv des Reihenlayouts.
Gabriele Scattu (Wachskreide auf Papier)
Gesetzt aus der Corporate A und der Jenson
Reihenlayout, Satz und Gestaltung: Fagott, Ffm
Papier: 100 g/qm FLY Weiß 05
Druck und Bindung: Beltz Grafische Betriebe,
Bad Langensalza

ISBN: 978-3-9822252-0-3